孤独的，像一片羽毛

郝为
作品

民主与建设出版社
·北京·

图书在版编目(CIP)数据

孤独的像一片羽毛 / 郝为著. -- 北京：民主与建设出版社，2017.8（2024.6重印）

ISBN 978-7-5139-1564-9

Ⅰ.①孤… Ⅱ.①郝… Ⅲ.①长篇小说－中国－当代 Ⅳ.①I247.5

中国版本图书馆CIP数据核字（2017）第124531号

孤独的像一片羽毛

GU DU DE XIANG YI PIAN YU MAO

著　　者	郝　为
责任编辑	王　越
出版发行	民主与建设出版社有限责任公司
电　　话	（010）59417747　59419778
社　　址	北京市海淀区西三环中路10号望海楼E座7层
邮　　编	100142
印　　刷	三河市同力彩印有限公司
版　　次	2017年8月第1版
印　　次	2024年6月第2次印刷
开　　本	880mm×1230mm　1/32
印　　张	6
字　　数	180千字
书　　号	ISBN 978-7-5139-1564-9
定　　价	48.00 元

注：如有印、装质量问题，请与出版社联系。

目录

中篇小说

岁月短章

大文艺时代回忆录

中篇小说

孤独的，像一片羽毛

第一章

1

北京　初秋　午后

天气还是有些闷热，我一丝不挂地平躺在床上。音响里反复放着肖邦降B小调钢琴曲。

用这种方式听音乐是我每天午后必做的事，我把它当作一种仪式。并非我有暴露癖，是我要让音乐没有障碍地穿过我的皮肤，进入我的身体，到达我的心灵，这种循环神圣且美妙。

至于音乐我现在只听两种，摇滚乐和古典乐。听古典时我会想起很多过去的事情，瞬间会有种莫名的感动，有时也会伴随着情不自禁地热泪盈眶。我很小的时候就发现自己是一个怀旧的人，我常跟别人说我一出生就开始怀旧了。感动其实是最高级的一种享受，只是现在越来越少了。听摇滚乐完全是另一种感觉，这种感觉会让我瞬间勃起，有种想去征服世界的冲动！这种冲动会一直伴随我进入梦中，并在梦遗后结束。

可自从我在半年前发誓要写一部长篇小说开始就没再冲动和梦遗过。我反复回忆着这些年所经历的事情和人，想来想去觉得大多经历平淡无奇不值得一写，无从下笔。

关于我的小说我当时想了很多，它可以不是惊世骇俗的那种，也可以先不让诺贝尔文学奖评委们为难，但必须要写完。为此我做了以下几项准备工作。第一，就是要从外形上把自己打造成一个作家。于是我坚定并毫不犹豫地剪掉了飘逸的长发，戴上黑框眼镜，把身上所有的金属项链和骷髅戒指都统统深藏在柜中，取而代之是各种手串和念珠。

第二，就是改变生活习惯。前三个月，我几乎与世隔绝，不出门鬼混，不踢球，不游泳，不泡妞，不吃烧烤不喝酒，不看演出，不看电影（包括毛片），不打电话扯淡，不半夜跟邻居吵架，只保留了偶尔手淫的小爱好。为了我的作品能顺利诞生，这些我都做到了。但三个月过去了还是一个字也没有写出来。

写小说难呀，太难！写完了又能怎样呢？没有人给你出版，没有人买，也没有人知道你是谁，更没有人给你钱，我还写它干吗呢？这是我后三个月一直在思考的问题。时间过得很快，痛苦的半年一晃就过去了，我依然一无所获。心情也越来越烦躁。唯有午后听音乐的时候能得到片刻的平静。

2

一阵手机短信铃声打断了我午后又一次征服世界的美梦。我起身穿过卧室走到书房，拿起桌子上的手机。一个陌生的电话号码显示的短信内容，“你还好吗？”

我随手回复，“你是谁？”

来电显示，“我是小晴，张晓晴。呵呵，你还记得我吗？”我晕！张晓晴，怎么会是她？张晓晴，最早是国家级话剧演员。皮肤白嫩，身材高挑火辣，长得很像香港影星杨恭如，绝对梦中情人型的大美女。因为前几年话剧不景气，几乎没有戏拍，她和大多数话剧演员一样，投身影视圈演起了电视剧。不料戏拍到一半就被圈内某知名男演员压在床上，要求潜规则。她不从，愤然跑到导演屋里告状，不料又被导演压倒在床上要求潜规则。再次挣脱后跑到投资老板屋里告状，又被老板压在床上要求潜规则。

张晓晴忍无可忍，狠狠踢了老板老二一脚后仓皇跑掉，最后戏也没拍成，钱也没拿到。

她跟我说这段经历的时候是五年前的一个夏天，记得我们是在美术馆后街的一个小饭馆里喝酒。她当时满脸愤怒和委屈，手里拿着酒杯一边使劲敲击着桌面一边对我说："你说，这帮傻子把我当成妓女了吧！没有王法了，就没有人管他们吗？一帮人渣！"我在一旁听得甚是开心，不时地开怀大笑。"靠！你还是人吗？我这么惨了，你还笑得这么开心？你当黄色笑话听了吧！男人都一样！下半身动物！"她瞪着我愤怒地喊着。

"我一点没有嘲笑你的意思呀，相反我对你很崇拜。你不但保全了名节和尊严还惩治了邪恶，真是佩服！佩服呀！"记得当时为了讨她欢心我说了类似这样的很多伪心的话。

"你接下来准备怎么办？还要继续演戏吗？"我接着问她。

"我也不知道，这不是正烦这事呢吗？你有啥好建议吗？"说这话时，她语气缓和下来，看我的眼神也开始变了。这是我最烦的一点，她们这些美女动不动就用这种半暧昧不暧昧，半撒娇不撒娇的眼神来换取男人们的心，可当你把她们需要的给她们后，她们又会马上摆出一副圣女贞德般严肃正经的姿态。可大多数男人都吃这套，要不贱字从何而来呢，男人都希望女人对自己主动，但又不希望对方是个风骚放荡的女人。所以明知女人在装，但只要她装得够好装得得体装得是时候，男人们一般都会自愿上钩。

我一口干了杯中剩下酒对她说："我觉得吧，这要看你想当什么人了。"

"你啥意思，我不明白。"张晓晴的瞳孔不自然地开始放大，眼神也越来越煽情了。

"就是看你以后想当大众偶像明星还是你所谓的小众艺术家了。"我说。

"这两者的区别在哪里呀？"她声音也变得温柔起来。

“区别大了去了！我给你举个例子吧，大众偶像呢，在一定程度上就像站街的妓女，要是想火就必须要取悦全国人民。而小众艺术家呢，就好比小三，被几个大款包养起来就行了。你要知道大众的口味变得很快，今天喜欢骨感的，明天又喜欢丰满的了，所以大众偶像很难当。可小三就不同了，你只要迷倒几个大款就够了，那可是玩真感情呀，到时你想怎样就怎样，一切都在你的掌控中。”我的话让张晓晴有点犯迷糊，一时陷入了深思中。也许是我酒后的这一番胡话触动了她，或者是她对当时的生活状况感到很不满，在之后的时间里，她情绪明显有点低落，不停地和我干杯。那一晚我俩都喝多了，吐了个乱七八糟。我们几乎是被饭店老板轰出门的。

北京就是这点不好，一过了零点就很难打到车了。凌晨3点我才打车送她到了家，好在那一夜她让我留了下来。

奇怪的是，我俩到她家后就没有了半丝困意。一阵忙乱地疯狂过后，已是清晨时分。我们决定一起洗澡并出去吃早点。她家离北京站不远，我们对肯德基和麦当劳毫无兴趣，一心要吃油条喝豆浆。找了半天都没有看到路边摊，走来走去又走回美术馆大街上了。看到一个饭馆正在摆摊生火，我俩很是兴奋。结果走到了一看就是昨晚喝酒的那个饭馆。伙计轻蔑地撇了我们一眼后就继续默默地低头生火。我吃了四根油条和一碗豆腐脑外加一个茶鸡蛋，张晓晴吃了两个油条一碗豆浆和一个茶鸡蛋。吃饱后我们依然毫无困意，她问我接下来有什么建议，我说回她家继续疯狂，她说我们先走走吧，等累了再回去睡觉。我很不情愿地答应了。

我们去了北海公园划了一小时破人力船，沿着后海转了一圈又一圈，中午在“孔乙己”吃了午饭，我点了我爱吃的东坡肉她点了她爱吃的西湖醋鱼和炸臭豆腐。我们漫无目的地溜达到下午三点多还是不困，张晓晴提议去看话剧。我用手机上网查了演出信息，孟京辉新版的《恋爱中的犀牛》正在海淀影剧院开演，我们决定去看看。

记得那天看话剧的人特别多，剧场几乎座无虚席，这场面让我们有点傻了，心里不停地寻思，看来中国的话剧市场要火了呀！

在看话剧时我的困劲儿上来了，不顾周围人的白眼呼呼大睡起来。张晓晴没有睡，她一直目不转睛地看着，我不知是我在做梦还是真的，我看到她在看戏时哭了，哭得是那么的伤心，那么的忘我，几乎是泪流满面，但我始终都没有听到她哭泣的声音。走出剧场时我问她是不是哭了，她坚决地说没有，说是我看错了。

就这样我们在一起昏天黑地的厮混了大半年，这几个月里我俩的关系有了突飞猛进的进展，迅速地从情人关系发展到她说的亲人关系。这种变化让我失望又气愤，本想要的一场轰轰烈烈的爱情又一次付之东流水。张晓晴变得越来越消沉，除了做爱我们几乎没有别的沟通。她成天坐在电脑前不知在忙些什么，烟也抽的比以前多了很多。张晓晴的变化让我很伤心，我毅然决定离开她搬回自己家。记得我从她家搬走的那天她不在家，我用钢笔抄写了北岛的诗《走吧》贴在她家厕所对面的墙上，我用了一种文艺的方式告诉她我走了，而且是一去不回。

《走吧》

——北岛

走吧，
落叶吹进深谷，
歌声却没有归宿。
走吧，
冰上的月光，
已从河面上溢出。
走吧，
眼睛望着同一片天空，
心敲击着暮色的鼓。
走吧，
我们没有失去记忆，

我们去寻找生命的湖。
走吧，
路啊路，
飘满了红罂粟。

就这样，我和这个梦中情人的同居生活结束了，但也可能就没有开始过。半年后，她给我打过一个电话说她要出国了。我问她去哪里，她说去美国。我问她去干吗，她说去结婚。我问她跟谁结还回来吗，她说一切都说不好。我没有再追问她什么，只说让她多保重。她最后说她会永远记住我这个朋友和我给她抄写的诗。

一晃五年过去了，我们把时间拉回到现在。我看着张晓晴发来的短信，不知道该怎么回答她。她到底算是我的什么人呢？前女友？情人？炮友？梦中情人？泄欲工具？崇拜偶像？好像都不是。既然这些都不是的话，我们还有什么关系呢？我还有没有必要在我写小说的关键时候见她呢？不对，不对，不该这样想。问题的关键是我还想不想见她。如果想就可以见，如果不想干吗要见呢？如果要是想见她，我是想什么呢？是还想跟她上床还是别的呢？这些问题让我一时拿不定主意。短信再次响起"如果你有空的话，可以随时给我打电话，这是我的新号码。"

我回复，"好吧。"

张晓晴的短信打乱了我刚刚养成的作家的生活习惯。我决定出去喝一杯放纵一下。我给张大志打了电话约他晚上出来喝酒，他刚从德国回来不久，我想他比较了解回国人士的想法。我们约晚七点在五道口大排档见面。

3

张大志是我高中同学，大学毕业后立志要出国深造，几次被拒后终于去了德国。临走时扬言说他永远不会回来了，结果几年后还是回国了。回来后，在同学聚会上说的第一句话就是“哥们儿我太想你们了，老子再也不出国了。”

我刚挂了张大志电话不久又接到小辛的电话，说他晚上想跟我聊聊，我说那正好，晚上七点五道口见吧。

小辛是我们乐队的鼓手，四川人，害怕孤独不爱说话。口头禅永远是“我可能得了抑郁症了，要不我怎么老想跳楼呢。”他只要说了这句话就说明他要开始犯病了。此人犯病时很是难办，有一次乐队排练完后他把我拉到一边说要我陪他走走聊聊，我说好吧，结果那天我陪他从燕莎一直走到安贞桥，把我累了个半残！

我跟小辛先到的五道口找了个小饭馆，此时正是初秋，天气虽然不是很凉，但大多数饭馆都把大排档撤了，我们还是执意让老板把我们的桌子摆在了外面。大约半小时后张大志来了，这是他一贯的作风。

张大志身体明显发福，175cm的个子体重在200斤左右，坐下时大排档的塑料椅子明显要垮。“老板，换个木头椅子。”我大声冲饭馆柜台喊着。

“不用，不用，再套上一个就行了。”张大志有点不好意思。

“这是我们乐队的鼓手小辛，这是我哥们儿张大志，刚从德国回来现在是老板了。”我给他们互相介绍着。

张大志从包里拿出一包硬盒中华香烟，边给我和小辛发着烟边说：“烟还是中国的好呀，德国烟太冲不好抽，还特贵。”小辛不太适应跟陌生人打交道，他接了烟没有说话低着头若有所思地抽着。张大志斜眼看了看我，意思是问我他说的话有没有什么不妥，我摇了摇头示意没关系。

“刘文你怎么老喜欢到五道口来吃饭呀？”张大志用不怀好意的眼神看着我。

“这不是离我家近吗。”

“行了吧，还不是因为这地妞儿多。你看看这一个一个的，不错，真不错。”张大志的眼睛始终没有离开过从我们身边走过的每一个女大学生的屁股。

“你在德国怎样，挺爽吧。”

“爽个屁，不过我交过一个保加利亚的妞儿还不错，东欧的便宜。哈哈哈”

“你是嫖妓呀？”

“瞧你说的，我能干那事儿吗？我们是正经交往。”他边说边偷看了一眼依然低头抽烟的小辛。他举起啤酒杯跟小辛说：“来哥们儿，咱们初次见面喝一个。”

小辛拿起杯子一饮而尽后放下酒杯突然问张大志：“你是自己开公司吗？”

张大志表情一惊，但瞬间平静了下来。干了杯中酒说：“我也是给德国人打工的，只不过在中国我说了算摆了。”

“那我能去你公司上班吗？”小辛急切地问。

张大志脸上又是一惊，满脸疑惑地看着小辛说：“你不搞音乐了？为什么要上班呀？”

小辛说：“不搞了，不搞了，我得了抑郁症了，一打鼓就想跳楼。我现在想找个工作上班。”

张大志彻底不知道怎么回答了，睁个大眼睛吃惊地看着我：“这是什么情况呀？抑郁症！跳楼！”

“哈哈哈哈哈哈，别理他。”我在一旁快笑喷了。我就知道小辛要说这个口头禅了。

没想到那次饭后这两个不搭界的人竟成了朋友，还经常背着我一起单约，真是世事难料呀！

那晚小辛和大志都喝得很开心，小辛一个劲儿地在跟张大志谈他的成长经历，什么10岁开始打鼓，20岁独自闯北京，为的就是成为中国最牛逼的鼓手。张大志也跟他讲他在德国的辛酸史，说他刚到德国的时候一句德语不会说，不敢出门怕迷路，天天闷在宿舍里，直到有一天，他把从北京带来的最后一块饼干吃完了才硬着头皮出去找食儿。后来终于语言关过了，又找不到工作。挖沟、倒垃圾、酒店服务员都干过。小辛不等他讲完又开始说他到了北京后的经历，什么组了无数不成功的乐队，每个乐队解散的原因都大致相同，不是为了妞儿就是为了钱，每次乐队解散都给他单纯的心灵造成了巨大伤害，所以得了抑郁症。张大志赶紧趁机抢过他的话，说他在德国也得了抑郁症，每天想家，想北京的哥们儿，每天晚上睡觉一定做梦，梦的全是小时候的人和事。俩人你一句我一句地说个没完没了，啰里啰唆。我在一旁越听越烦，和着我跟俩抑郁症患者在喝酒呢。看来我真是多余出来，本想跟他俩聊聊我的烦心事，结果他俩好像比我的烦心事还多。

我深吸了一口烟，把浓浓的烟雾慢慢地吐向空中。烟雾遮住了我的脸。这时我突然觉得一切变得很无聊，脑子里想问张大志的问题象这烟雾一样变得越来越淡，直到消散。我突然很想回家，突然有要写作的欲望，虽然我还是不知道该写些什么。

那晚我们喝了一箱啤酒，吃了100多只麻辣小龙虾和一堆乱七八糟的凉菜，都有点儿醉。临走时，大志和小辛互留了电话后又站在路边拥抱个没完没了，我费了半天劲才拦下了一辆肯停下来的出租车。张大志执意要送小辛回家，俩人互相搀扶着上车走了。

一阵微风吹过，吹起了路边的几个破塑料袋也吹出了几分秋意。我肚子被啤酒胀的难受，急需小解。一路小跑地奔进了附近肯德基的厕所，打扫卫生的大嫂在厕所里正打扫着，我顾不得这么多了，进门找了个坑便撒，小时候我就知道一个道理。活人不能被尿憋死。也许是我的气势把大嫂吓到了，她一直张着嘴看我把尿撒完。“我说大姐，你太不讲究了吧。你在男厕所打扫也就罢了，怎么还看呀？”我满脸愤怒地冲她说。

“是你太不讲究了吧！小伙子，这是女厕所呀！”大嫂的表情显然比我还要愤怒。我这时定睛看了看厕所布局，果然没有小便池。靠，我只能灰溜溜的低头走出女厕。真的背，平生第一次误闯女厕所，被大嫂占了便宜不说，还被数落看来我还是做事太大意，脑子经常莫名其妙地短路。记得上中学那会儿也有一次，大冬天的在我放学回家路上，自行车座突然掉了，只剩下一个钢管。看着杵在那儿的管子和我手中的破车座，我心情一下子烦躁起来。冬天的北京天气冷天黑的还快，我推车走了一会儿天就黑了下来。我四处找修车的可就是找不到，这时突然看到一个修车摊还没收，围着几个人正在敲打着什么，我兴奋地推车跑了过去，推开围观的人跟修车人说："师傅赶紧给我修一下我的车，车座掉了。"修车人抬头看了我一眼又低下头干着自己的活，淡淡地说："我不会修。"

"你怎么不会修呀？你不是修车吗？"我气愤地喊着。那人没好气地看了看我说："你好好看看，我是修鞋的。"

4

八月底的北京，每天还都会稀稀拉拉地下点小雨，有时傍晚也会电闪雷鸣一阵子，天气闷闷的让人有点透不过气来。我一早出门，回到家时发现茶几上多了一盆茉莉花，花盆下压着一张纸条，上面写着"这几天下雨出门关好窗子，少抽烟，多闻闻花香，妈妈留言。"我放下纸条走到窗前轻轻推开窗子，一阵微风夹杂着雨水吹进来，屋内顿时满是茉莉花香。

我以前很讨厌下雨，就喜欢阳光明媚的天气，越热越好，越热越往外跑。我妈说我小时候很白，是白里透红的那种白。后来我老在大太阳底下踢球，把自己活活晒成了个黑球儿，我妈对此很是不满。在她眼里我无疑是个离经叛道的孩子，所以为了监督我不变成社会上的废物，她经常不定期地来我住的房子抽查。这招实在是太狠了，我每天都要竖起耳朵从开锁的声音里辨别出哪个是我妈哪个是邻居。为此我一度患上了神经衰弱，恐惧开锁的声音。尤其是跟类似张晓晴这样的女人一丝不挂地躺在床上的时候。精神会高度警惕，就像一个躺在战壕里的士兵，时刻准备着投入战斗。

我站在窗边呆呆地看了会儿雨，随手从裤兜里拿出手机，又一次情不自禁地看了一遍张晓晴给我发的短信，心里想打个电话给她，可手却迅速地按了结束键。这不是我的风格呀，我自认为我是个没脸没皮的人，就算心怀鬼胎，给她打个电话又怎么了，而且是她主动找的我，我给她打电话一点不丢人呀。可打电话又说什么呢？她结了婚从国外回来，肯定装出一副衣锦还乡姿态。也许还会靠着我的肩膀假惺惺地哭上一鼻子，说什么国外如何如何苦之类的话。国外苦谁叫你去的呀，去了就不要回来，回来了就不要说苦。这种装逼的女人还不如那些心里知道跟你不可能在一起就默默消失的女人好，起码这些女人知道尊重你，而不是炫耀和鄙视。

一阵急促的电话铃声打乱我的思绪，来电显示是张大志的号码。

“喂，大志呀。”我接起电话。“刘文，你干吗呢？”张大志的声音显得有点兴奋。

“我在家呀，这不是下雨了吗。”

“告诉你，我给你找了个大老板，他对你文笔感兴趣，让你过去给他们写个剧本。”听张大志说话的声音明显可以判断出他脸上正浮现出一阵阵得意之色。

“啊！还有这种好事。”我有些质疑。

“你就好好感谢我吧，我啥时忽悠过你。明天下午三点国贸咖啡厅我给你们引荐，你不许迟到，拜拜。”

我挂了电话呆呆地站在窗边没有动，脑子里空空的没有任何想法。一道闪电啪的一声从天边划过，无数蚕豆大的雨点噼里啪啦地从天而降，我家楼前的低洼地瞬间变成了小河。

5

下午三点钟的国贸还是人流不息。北京的闲人就是多，商场什么时候都不缺人，尤其是美女。美女就是有好处，可以不上班就能活，而且还活的比一般人好。在北京开豪华轿车的永远是女的比男的多，大牌商店就更别说了。我记得我小时候北京还没那么多美女，街上的男男女女个个都是灰头土脸的没有精神，现在看来是生活好了人种好像也有所变化。记得大学时我们学校不但美女少得可怜，就连女生也很稀缺，男厕所墙上的打油诗现在还历历在目，什么“××学校自古无娇娘，残花败柳排成行，偶尔一对野鸳鸯，也是野鸡配色狼”。当时在学校操场旁的小树林里还真抓到过一次社会上的流氓，据说是企图强奸学校女生，结果被看热闹的同学和保安一起抓住，大家不但把压抑已久的性欲顺利地转换成了暴力欲，而且转换的很彻底也很强烈。对流氓实施了更流氓的做法，以至于当警察叔叔看到被扭送到派出所的流氓时，直接不敢接收，建议马上送往急救中心处理。这起事件直接反映出两个关键问题。一是当时女性尤其是美女的缺失很严重，二是人在长期没有性生活后的心里扭曲极为可怕。毕业后我又回过学校一次，结果真是令人气愤。大一新生美女成群结队，气质和打扮跟我们刚进校门时完全不一样，唉，便宜了现在这帮傻小子了。可美女多了事也多了，据留校任教的师兄说，学校没再发生打流氓的案件了，不是因为没有流氓了，而是大家都成流氓了。但现在的流氓越来越脆弱，开始玩自杀了。听说学校发生了很多起男生因为失恋而跳楼自杀的案件，个个触目惊心，敢爱敢跳！所以当美女不是好事，找美女更不是好事。

我准时到了咖啡厅，环顾四周没看到张大志，这完全在我意料之中，他常常喊着不让我迟到其实每次都是我等他。我找了一个靠窗的沙发坐下，点了一杯冰摩卡咖啡，边喝边看着窗外来来往往看似忙碌的人们。“刘文，刘文”张大志从门口进来一眼就看到了我。他身后跟着一位跟他体重相仿但低了他半头的中年男子。我赶忙起身迎了上去。“刘文，这是王总，王总，这是我哥们儿刘文。”大志热情地给我们介绍着。“王总您好。”我伸手握住了王总先伸过来的手。

“认识你真高兴呀，早就听大志提起过你，我看了你的书写的很好呀，来来快坐。”王总满脸堆笑地打量着我。

我们三个各自坐下，王总没等大志开口就对我说：“兄弟，我看这地太小要不换个地吧，我们好好聊聊你看如何？”

“我都行呀，我听您的。”

“那好，我们就找个饭店，边吃边聊。”“不必那么麻烦吧？”

“不麻烦，我今天有种感觉，跟你可能要聊到明天早上。哈哈哈，大志你给顺峰打个电话约个包房。”

“不用约吧，这点儿肯定有包房。走吧！”

坐着王总的奔驰E350我们一路往东，到了方庄附近的一个顺峰酒楼。我们三个在包房坐下，王总熟练地点了这里的几个名菜后对服务员说：“小姐先上一壶茶，等菜上了给我们来两瓶五粮液。”

6

三杯五粮液下肚，王总状态上来了，话也开始多了起来。“兄弟，我对你是一见如故。你不介意的话我给你讲讲我的事。”

“您讲吧。”

“我这人年纪不大也就比你们大几岁，可经历的事可太多了。三天三夜，不，五天五夜也说不完。”

我看了一眼张大志，他也心照不宣地冲我笑了笑。这意思很明显，今晚我俩估计想脱身很难了。王总并没有注意到我俩的眼神交流，自顾自地讲他的历史。看来他早已下定决心不管怎样今晚一定要聊爽。

“我从小在农村长大，家里很穷，什么活都干过。我爸是个狱警很少回家，妈妈眼睛不好无法工作。我初中毕业就没再上学，开始找事干了。在我们那个小地方像我这样的人很多，都是认识几个字就不上学了。我一开始在一个汽车修理铺子当学徒，本想学点技术以后可以混口饭吃，结果学了两年屁都没学会，师傅就是不教我，老是让我干些脏活累活，吃的连狗食都不如，他有时遇到不顺心的事还老拿我出气。后来我忍不了，我趁他出去嫖妓时偷了他200块钱跑了。可我不敢回家呀，就去了大同，在那里认识个大叔带我上了矿。上矿你们知道吗？就是煤矿挖煤的。”

“知道，知道。您继续说。”我和大志频频点头。

“我第一次下矿吓得差点就哭了，我以为再也上不了，再也见不到我娘了，感觉自己就是到了地狱。后来就不怕了胆子也大了，每次都是第一个下矿，挖的也不比其他人少。那时候还是挣了点钱，结果好景不长，我爹找到了矿上，把我硬拉回了家。你俩是不是有点听烦了？呵呵，来喝一个！”我们三人一起干了一杯。

那晚的谈话我只记到这了，后面发生了什么我完全断片儿了，也不记得王总找我到底是为了什么。一觉醒来我躺在我那张宽大又凌乱的床上，衣服鞋都没脱。我晃了晃脑袋慢慢地从床上爬起来走到窗前打开窗户。一阵微风吹进来，我麻木的脑袋被风吹清醒了。斜眼看了一眼放在茶几上的手机，它还是静静地躺在那里没有一丝的变化，时间又过去一周，我依然没有张晓晴的消息。

第二章

1

北京西山上来了一个道长，此人姓王，籍贯不详。据说自幼在青城山出家练得一身好功夫，而且精通阴阳八卦，能掐会算。最擅解决善男信女的疑难困惑。王道长来京不到三个月便传遍京城，每日都有很多人慕名而来，最初王道长还很高兴，觉得京城真是个好地方，赚钱容易，每日来客他都一一接待。后来发现很是无聊，大多数来找他的人全是为了算命，而且所求之问题大同小异。王道长自视是个修行之人，来此只是想结识一些京城有学识之士，顺便赚些盘缠好继续他的云游。没想到来了数月，一个有学识的人没遇到，见的全是求财求利之徒，王道长有些失望决心不再与人算命收钱，潜心他的修行。但想想京城之地来钱容易自己应该多赚些钱好为以后云游做些积蓄。所以决定每日只见5人，每人不超过20分钟。结果此消息一经传出，来访的人更多了。有人更是疯传“西山来了个王仙人，可化人生之危难，普度众生之水火。不日就要离开京城，机会难得下次不知道什么时候再来了……”为躲避众人，王道长干脆搬到山上最隐蔽的住所去了，每日由徒弟在山下为他筛选5人，时间也由徒弟严格控制。

山中偏僻处一间不大的平房里，王道长闭目打坐，静静地听着坐在对面的张大志滔滔不绝地唠叨着他自认为悲惨的人生经历。

“你还剩5分钟了，请拣重要的说！”王道长边说边把眼睛微微睁开了一条缝，看了一眼聊得正欢的张大志。张大志很是识趣，立马停止了唠叨陷入了沉思中。

“好吧。我只想求您给我算一个事。”“请讲。”

“这是我这段时间一直困惑的事。”“请讲。”

“这件事我实在难以开口。”

“请讲。”王道长脸上飘过了一丝不悦。“好吧，我说了您可不要笑话我呀！”

“你还剩下2分钟。”王道长又闭上了眼睛。“好吧，您给我看看我到底是直的还是歪的？”

“啊？”王道长碰到了此生最难以理解的困惑。他停止了打坐，睁开了眼睛，仔细端详着面前这个一脸渴望的高大汉子。这时王道长比张大志还要渴望搞明白什么是“直的”什么是“歪的”。

“您看出来了吗？王道长。”大志急迫地问着。

“您的问题我不理解，请解释一下什么叫直、何以是歪？”

“道长呀，直就是直男的意思，歪就是那个的意思，您明白了吧？”

“没明白，直男是什么，那个又是什么？”王道长的表情更困惑了。

“道长呀，简单点说吧，就是我现在为何没有女人找我，都是男人找我呢？”

“就这个问题呀？”

“是呀，您给我出个主意吧。”大志眼神中充满了谦恭和信任。

“这个问题很好办呀，没有女人找你你去找女人不就完了”王道长如释重负地给大志出了个主意后长长缓了一口气，继续闭目打坐。

“啊？”张大志又陷入了沉思中。

2

离开了王道长，大志略带沮丧地往山下走。这时正直夕阳西下之时，西山已经把太阳挡住了一半，另一半的太阳映出了红霞洒在他头上，让他睁不开眼。张大志这时忽然不想下山了，他转身坐在一块大石头上虚闭着双眼使劲抬起头，他努力地让自己的全部身体去迎着夕阳，这种被夕阳笼罩着的感觉让他顿时觉得很温暖，感觉自己正在被一股强大的力量所保护着、关爱着。他这时突然想哭，想大哭，想把身体里所有的不快和委屈通通哭出来，这种感觉他有过一次，那是他刚到国外的时候。说起来大志的经历可算是坎坷，尤其是感情生活很是不顺利。大学时张大志很是风光。年轻气盛的他弹得一手好吉他，歌儿唱得也好，着实迷倒过一批无知女生。我第一次听他唱《加州旅馆》时也是很震惊，不看他本人只听他唱的话简直跟原版无二。为此对他高看了一头，我们俩的大学离得很近，加之本就是高中同学又都热爱音乐，所以在大学期间来往很密切，跟他的寝室同学我也都很熟。大志在学校唱歌出了名，很多女生都喜欢听他唱，可男女生宿舍管理很严，不得随意出入，阻碍了大志和女同学们的音乐交流，为此他决定去校外租房住，远离管束更自由地歌唱。他同寝室的同学李小光发现这是一个绝好的泡妞机会，主动提出跟大志一起在校外租房以缓解他的租金压力，大志没多想也就答应了。记得两人找房子找了很久也没找到合适的。一日李小光跑回寝室跟大志说："找到啦。"

"找到什么了？"大志懒懒地问。"房子呀！"

"什么样的房子，在哪里？离学校远吗？"大志淡淡地回了一句。

"位置不重要，重要是我找的房子隔壁住着两个美女，和我们就是一墙之隔。"李小光无比兴奋地说着。

"是吗？"大志也兴奋起来了。

"赶紧走吧，把订金交了今晚就搬过去。"小光边说边拉着大志往楼下走去。

他们快步穿过了学校后面的几条破旧胡同，来到一栋青砖搭建的二层小楼前。“就是这，不错吧”小光很是得意。张大志站住脚抬头看着眼前这栋看似违建的小楼撇着嘴：“这楼咱俩不是来看过吗，你说太破而且还像是危房住着不安全。”“现在不一样了，你没听说过那句话吗，‘山不在高有仙则灵’这楼不在破有美女邻居才重要，咱们也不是老在这儿住，跟我上去看看吧。”小光边说边拉着大志往楼上走。俩人穿过挂满衣物和堆满垃圾的楼道走到最里面一间房门口停了下来，房东已经在屋里面等着他俩了，很明显李小光已经跟房东订好了这间房。他俩经过一番简单而幼稚的砍价还价后，最终谈好了价钱，房东把钥匙交给了李小光，最后叮嘱他们说：“这里偶尔会有警察来夜查你们不要搞违法的事。”俩人点头答应了。送走了房东，张大志仔细看了一下屋里的陈设，这屋里除了床和一张破桌子剩下的几乎是不能用的破烂。大志有点泄气，点了根烟坐在床边对小光说：“这就一张大床呀，咱俩怎么住呀？”

“谁要跟你一起住呀，我想好了，这房你有用你就来住，我有用我就来住，互相不要干扰对方。”小光边说边不自觉地咬起了自己的拇指指甲，这个动作一般在他想入非非时出现。

“我来这里搞音乐创作，你来这主要搞什么呢？”大志有点没明白小光要干什么。

“这个不重要，反正我们这样说好了，咱俩先把屋子收拾一下，一会儿美女邻居就要回来了。”

“美女邻居，你见过了？”

“没有！”

“没有见过，你怎么认为是美女呢？”大志越来越觉得小光把自己忽悠了。

“你出来看看。”小光给大志使了个眼色，让他往楼道看。“看什么？”大志好奇地走出了门。“你傻呀，看这楼道挂的衣服呀。”“这衣服又怎么了？”大志越来越糊涂。

小光走到楼道挂着的一堆衣服前指着一件连衣裙说：“你看这裙子

虽然料子一般但款式新潮，能看上这个款式的一定是时髦女生，爱打扮的女生一定长得不会难看，而且从这衣服的尺寸能看出她的身材一定很好。”小光边说边用食指指向连衣裙旁边挂着的一对黑色蕾丝胸衣说：“你看这胸衣，我估计应该是B罩杯，两件衣服都有些旧了可以看出女主人很爱干净，经常清洗，爱干净的女生一般皮肤会很白嫩，皮肤白嫩的女生一般不会长得太差。”小光一席对胸衣的高谈阔论让张大志听得两眼发直、神魂颠倒、口水直流。他万万没想到小光同学对女性身体的了解有如此造诣，心中不免起了一丝感伤，觉得自己跟小光相比简直就是个傻子。不过他转头又想了想问小光：“你不是因为看了这裙子和胸罩决定租这个房子的吧？”

“是呀”小光理直气壮地回了他一句。

“啊！你就是个傻瓜，你怎么能肯定对方住着是两个女的呢？如果住的是一个呢？或者住的是一对男女呢？我可告诉你一会儿要回来的不是两个美女我可不租这房子，你自己在这儿住。”张大志从神魂颠倒的状态中清醒了过来，小光刚才给他留下的高大形象，瞬间跌到了比下水道还要低的地方。他觉得小光分析的全是一厢情愿的胡扯，自己是被他给骗了，他真想一脚把这个色情变态狂李小光踢到楼下去。

正在他俩为胸衣的事争吵不休时，一阵高跟鞋咯噔咯噔地上楼声打乱了张大志对小光的制裁计划。两个女生一前一后走了上来，走在前面的女生个子稍高一点，皮肤白嫩梳着马尾辫穿着一条黑色连衣裙，手里提着一兜子水果，边走边吃着随手从布兜里揪出来葡萄。后面一个女生显得很羞涩，看到前面站着两个男人正看着她们，就不自然地低下了头，默默地跟在高个子女生后面走着。两个女生虽算不上美艳绝伦，但都可以称得上是气质上来，尤其是她们身上散发出的那股挡不住的青春气息，使她们看上去个个都楚楚动人。“你们是新搬来吗？”高个女生显得很开朗首先发话。“是呀，我们是刚搬来的。”小光满脸堆笑地回了一句。高个子女生并没有继续搭理他们，转身收起了挂在衣绳上的连衣裙开门进屋了。

张大志看了看依旧挂在绳子上的黑色蕾丝胸衣，瞥了小光一眼独自往楼下走去。他边走边想刚才发生的事，感觉小光人不行，天天想女人没有什么追求，自己不能与他为伍，否则会让大家认为他俩是一类人，可房子已经租了又不好说退就退，心里实在是不爽。一时闲暇无事又不愿意回宿舍碰到李小光，索性来了我们学校找我诉苦。他在我们寝室一通连说带骂地讲述了事情的经过，把我和我的同学个个笑得前仰后合，正在吃饭的把饭喷了，正在喝水的把水吐了，假装看书的把书扔了，要上厕所的也憋回去了。从此张大志租房事件成了我们宿舍的经典调剂段子，每每提起大家都是大笑不止。

为了安抚张大志受伤的心灵，当晚我请他在我们学校门口的“好来屋”吃饭。“好来屋”是我们常来吃饭的一个小饭馆，

总共也就是5～6张桌子，每次去都是人满为患不好找位子，不是因为这里做的菜有多好吃，主要是这里对常来的学生可以记账。对于我们这些穷学生来讲，这里就是我们的“美食天堂”。说实话我们毕业以后有好多欠款都没有结，大家也都没再去过“好来屋”，老板也从未找我们要账，现在想想很是对不住老板。去年我去美国的时候特意去了趟“好莱坞”，当我站在洛杉矶星光大道上仰视“好莱坞”时，忽然心中升起万缕惆怅。不是因为这里风光多美，多神圣，而是那时我忽然想起了那个遥远的过去的，远在中国郊外的“好来屋”。

那晚我特意为了张大志点了两瓶啤酒，希望酒精可以解他的千愁。正在我俩推杯换盏互相挖苦之时，我身后传来一声清脆而动听的声音“师哥，你也在这呀。”

我回头一看，是我的学妹苏妙妙。

“咦，怎么是你？”苏妙妙看着张大志说。“你们认识呀？”我好奇地问张大志。“今天刚见过一面。”苏妙妙抢先回答了我。“什么情况呀？”我又逼问张大志。

“她就是我说的穿连衣裙的邻居。”张大志不好意思地回答着我。

“啊？哈哈哈这么巧呀。妙妙你也过来坐吧。”我招呼苏妙妙坐在大

志旁边，她没有犹豫就坐了下来。

“这是我高中同学张大志，今天刚搬到你隔壁了，哈哈哈你们认识一下吧。”我边说边看了一眼苏妙妙，她果然穿着黑色连衣裙，又想起刚才张大志说的段子，不禁忍不住独自哈哈大笑起来。苏妙妙有点莫名其妙地问我：“你这是怎么啦，干吗这么高兴呀？”

“没什么，见到你我就高兴呗！”我忍住笑意回了她一句。

苏妙妙是我学妹比我小一届，山西人，生性活泼开朗，非常热爱文学艺术，绝对狂热的文艺女青年。多次扬言将来要嫁就一定要嫁给一个伟大的艺术家。多年后我们在美国见过一次，她没有嫁给艺术家，而是自己成了艺术家。

我跟苏妙妙是在学校组织的一次诗会上认识的，她当时非常热爱诗歌，尤其是西方当代诗歌。那次活动中她看到我手里拿着一本《博尔赫斯诗选》就主动跟我搭讪并想从我手里把诗集骗走，为了鼓励热爱文艺的女同学，也为了提高她的诗歌鉴赏水平，我故意让她得手了。由此一来二去我们也就熟了。后来我还借给她几张饭票和澡票，为了表示感激，她主动把我推荐给了学校诗社的社长王霄萧并成功发展我进了他们那个无比幼稚的“青春诗社”。诗社活动很多，表面上是大家交流诗歌，实际是以互相骗书为主。那时学生实在是太穷，好书又都不便宜，所以互相借着看，但没有人还。如果你借了出去就等于把书扔了一样，我们管这种“借”称之为“切”。为了不被“切”，我后来很少参加他们的活动，去了也基本上是空着手去，绝不会带一本有字的书。

“师哥，你最近怎么没参加诗社活动呀？”苏妙妙看着我说。

“你们有没有点儿有意思的活动呀？老是互相读诗很无聊，还不如我自己看呢。”我反问着她。

苏妙妙没有接我的话，抬头冲饭店老板了喊一句：“老板给我来10个串吧。”

“最近我们要搞一次真正的诗歌朗诵会，这次要在大礼堂里面朗诵，很正式的。你也来吧师哥。”她郑重地跟我说。

我看了她一眼："你们搞这些都过时了，像是小学生搞的表演，你们就不能想点跟艺术相关的活动吗？比如你们有没有想过跟美术、视觉或者现在流行的行为艺术结合起来做点活动，老是一个人站在那里瞎读诗没意思。"我义正词严地对她说了我对他们那个幼稚诗社在组织活动上的看法。苏妙妙听我了一通牢骚后忽然眼睛一亮："行为艺术是什么？"我并没有马上回答她，随手拿起一串刚端上来的羊肉串吃了起来："行为艺术你都不知道，就是男女裸体站在大街上表演，哈哈哈。"苏妙妙被我的玩笑话打动了，她突然一脸严肃地转头问坐在她身边正要伸手去拿羊肉串的张大志："你了解什么是行为艺术吗？""啊！"她的突然发问让张大志吓了一跳，赶忙缩回伸出去的手："我不太了解"苏妙妙又转过头问我："师哥，赶紧给我讲讲行为艺术是怎么回事？""赶紧吃串吧，我是胡说的。"我不太想继续这个无聊的话题了。苏妙妙有点失望但也没继续追问下去。

"这样吧，一会儿吃完我们让大志给我们弹个吉他吧！"为了转移尴尬的气氛我只能搬出大志这个绝活了。

"好呀，我叫上倩倩一起来。"只要是跟艺术相关的事都可以让苏妙妙瞬间兴奋起来。

我们学校礼堂后面有一片不大的草坪，张大志弹着我的吉他，坐在我们中间，唱起了他的主打歌《加州旅馆》。李倩躲在苏妙妙身后，偷偷地看着张大志。

李倩，苏州人，典型南方女子，个子不高羞涩不爱说话，她是苏妙妙的同班同学，也和她一起住在张大志的隔壁。大志唱的《加州旅馆》确实有点魅力，不一会儿就招来了一堆没见过世面的傻学生，把我们围得水泄不通。还有几个女生在我后面小声嘀咕说他很帅，简直让我嫉妒得不行。为了不让大志太过招摇也为了保护'艺人'，我果断地终止了大志的草坪音乐会。苏妙妙和李倩两人都表示不过瘾非要大志再唱一首。张大志可好，在没有经过我同意的情况下，竟一口气连唱了三首。最后一首又重唱了一遍《加州旅馆》，简直是太贱了。最后我只有使出我的撒手锏收回了我的吉他，才控制住了混乱的局面。

那晚，张大志的不要脸行为虽然得到了我的深深地唾弃，却赢得他两个邻居的芳心，之后发生的事我也是万万没有想到。

3

经过在我们学校的小试牛刀，大志坚定了自己在歌唱方面的信心。但同时他又发现自己会唱的歌还是太少，无法撑起一场音乐会，哪怕是一场小小的草坪音乐会。他开始疯狂找歌曲资料和扒带子（扒带子就是一边听着磁带里的歌一边模仿着弹下来）。在这期间他去过小楼两次，跟苏妙妙聊过一次，跟李倩碰过一面但没有说话。他也找过我一次，详细问了我有关苏妙妙的情况。在这期间我发现了张大志的一个毛病，就是记性太差。一个同样的问题翻来覆去地问，问了一遍不够又来问第二遍、第三遍，还给我布置了任务，让我帮他调查苏妙妙有没有男朋友或是心仪的男生。对于一个从小学就不爱完成作业的我来说，这个任务显然是白说。可为了更好地控制局面，我竟完成了这个看似不可能完成的任务。经过几次我在食堂里的暗中窥视和一套福尔摩斯式的逻辑分析，我得出了结论。诗社社长王霄萧这个比我大一级的四眼骗子对苏妙妙起了淫邪之心。每次都假借诗社活动的名义找苏妙妙单聊，有时还约她在小草坪散步。好几次在草坪上碰到我还假惺惺地问我为啥不来诗社了，我心想诗社都快成你后宫了，我干吗去呀。但为了控制局面也为了不刺激张大志脆弱的小心灵，我没有告诉他，并鼓励他大胆地向苏妙妙进攻。张大志却显得有点害怕，他说苏妙妙喜欢诗歌可他不懂诗歌。我说那有什么的呀“他有诗歌、你有音乐”。我为了支持张大志pk掉四眼骗子王霄萧，我做出一次丧失原则的决定，把我心爱的吉他借给张大志来我校弹唱时用。张大志表示非常感动，请我去“好来屋”吃了一顿饭。

一个月后，四眼骗子王霄萧为了讨好他的“后宫佳丽”们，还真在学校礼堂搞了场“青春诗歌朗诵会”。当时大学生的文化生活实在是太缺乏，那天800人的礼堂座无虚席，连我们的系主任也耐不住寂寞前来参加。

这下王四眼可兴奋了，一个劲儿地讨好系主任。在一个小时即没有质量又没有新意的朗诵之后，苏妙妙被安排到最后一个出场（可见她在后宫的地位不一般）。她那天穿了一件白色类似旗袍款式的连衣裙，脸上还涂了浓妆，在舞台灯光的照射下显得格外妖娆动人，力压其他“后宫佳丽”。她一上场全场掌声雷动，王四眼更是第一个站起来鼓掌，瞬间把朗诵会推向了高潮。苏妙妙在台上向大家深鞠了一躬后朗诵起来。她朗诵的正是从我这里“切”走的那本《博尔赫斯诗选》里诗歌《迷宫》。

宙斯也解不开那包围我的石头网罗。
我已经遗忘
曾经就是我自己的人们；
我循着单调墙垣间可憎的道路而行
它就是我的命运……

——博尔赫斯《迷宫》节选

当时的大学生们哪里听过这么牛掰的诗歌呀，全都听傻了。当苏妙妙朗诵完毕后，台下又是一片雷鸣般的掌声……

散场的时候我隐约在人群中看到了张大志的背影，他没有告诉我他要来，朗诵会结束后他也没有来宿舍找我。我想他看到苏妙妙在舞台上的朗诵心里有些失落，大志我比较了解，他其实是个无比胆小和被动的人，外表看似热情，内心却是无比的悲观。语言张扬行动却很迟缓，我经常调侃地说他是未老先衰。

张大志那天确实是去看了的朗诵会，他没有告诉任何人。他其实本来是不想去的，以他的性格如果苏妙妙不请他去看，他是打死也不会去的。可这次情况比较特殊，他确实是被邀请了，但邀请他的人不是苏妙妙而是李倩。那天他一个人在小楼里练歌，听到了有人敲他的门，敲门声很小，而且时断时续。起先张大志还以为听错了，结果打开门一看，门口站着的是李倩。张大志即紧张又有点兴奋："怎么是你呀，快进来吧。"李倩没有进门，低着头说："苏妙妙让我请你晚上去看她的朗诵会。她在彩排让我来通知你。"张大志愣了几秒钟，他怎么也没有想到会有这种好事落在自己头上。他还没编好词怎么表达他的感谢之意，李倩已经转头走了。"你等等"大志叫住了李倩。

"怎么了？"李倩还是没抬头。"一会儿你也去吗？"这话一说出口张大志就后悔了，这简直就是一句废话。李倩微微点了点头快步走下楼去。回到屋里大志再无心练歌了，在屋里来回转圈，这种紧张和兴奋并存的感觉，让他现在不知所措。这时李小光突然推门进来了，大志被吓了一跳，不客气地对他喊着："你怎么来了？不是说好了我来的时候你不来吗？"李小光看到大志生气了，又加之自从租了房子以后大志对他的态度一直很差，总是无缘无故地骂他一顿，他有点害怕张大志有一天会真对他动手，所以这段日子他总是对大志一副低三下四的表情。"我是来给你送花的"小光弱弱地回了一句。

"送他妈什么花呀，我又不是女的。"张大志一边没好气地骂着他，一边低头看着小光手里拿着的两朵红色玫瑰花。

"你给我送玫瑰花是什么意思？"大志更愤怒了。

"不是送你的，这是我买的两朵玫瑰花，准备种在咱们屋里，隔壁不是有两个美女吗，到时我们俩一人送她们一支表示一下。我还买了两个瓶子蓝色的是你的白色的是我的，把花种到各自的瓶子里就不会混了。"

"滚！"大志不想再听小光往下说一个字。

李小光放下花匆匆转身走了。张大志气得一屁股坐在床上心里一个劲儿地狂骂，他觉得自己应该跟李小光彻底绝交，不再跟他说一个字。李小光的到来完全破坏了大志的情绪，他看了看表已经快6点了，心里开始起了急，晚上7点苏妙妙的朗诵会就要开始了，自己还没有吃饭，苏妙妙要是知道他迟到了一定会很生气，全怪那个傻瓜李小光。他边想边急忙走出屋门向大礼堂奔去。

张大志没有迟到，可他到了礼堂还是没有找到座位，只好在最后一排站着，他看到了我，估计是怕我耻笑他所以没来跟我打招呼。他也看到了李倩和几个女生一起坐在前排小声嘀咕着什么，他也不好意思过去找李倩，他毕竟是外校的，如果被人知道会很丢面子。苏妙妙上台的时候，大志无比的紧张，他甚至有点不敢往台上看，但又忍不住要看，他希望苏妙妙能在台上看到他来了，又害怕与她对视，这种复杂的心情伴随他看完了演出。最后他也无意中发现了王霄萧，发现了他和苏妙妙台上台下互相交流的眼神，这种眼神无疑就是恋人之间暧昧。张大志瞬间觉得自己很傻，苏妙妙怎么会看上我呢，我们只单独聊过一次，而且还是短短的几分钟而已，自己太傻了，怎么会相信她对我有意思呢。大志不想再想了，他转身往礼堂出口挤去。

张大志没有回宿舍直接回到了小楼，他推开门一头栽在了床上，他什么也不想想了，只想大睡一场，希望一觉醒来他可以忘掉这荒唐的一切。

一阵秋风吹过，小楼前的杨树叶子被吹得哗哗作响。楼下有一对夫妻不知为了什么吵了起来，这真是个想安宁也不得安宁的夜晚。

4

三国时期的曹孟德站在长江边上，望着对岸的江东和滔滔的江水感慨万分，于是写下了不朽的歌赋。其中有一句是为了鼓舞不善水战的将士们的“对酒当歌、人生几何”意思是说“一个人的一生中能遇到几场这样伟大的战役呀，你们还惧怕什么，应该感到高兴才对。”这个解释是我用来鼓励张大志的。那天我们在“好来屋”喝了不少酒，张大志酒后问我该怎么办？我举了曹操的例子鼓励他，这招还真管用，他跟我碰了一杯酒后对我说：“你说吧，我该怎么办，我都听你的。”

“这就对了，你比王四眼强百倍。首先你身高比他高半头，跟苏妙妙站在一起很合适，其次你还算有点颜值，最重要的是你不戴眼镜，另外你歌唱得好，虽然有时喜欢卖弄，但基本还可以控制。王四眼跟你比起来除了会拍马屁什么也不会。不过你的弱点就在这里，你不会讨女孩子欢心，一见女生你就傻呼呼的一副痴呆表情，除了会点头说是是对对以外就没别的了，还有你见女孩子的时候不能老是吃，上次苏妙妙点的羊肉串我和她只吃了一串剩下的都被你吃了，这样很不好……”

“好啦好啦，我让你出主意不是让你给我上课。”我对大志的分析还没说过瘾就被他粗暴地打断了。“没有耐心也是你的弱点！”我指着他说。

“你要想战胜王四眼就必须要认清敌我强弱关系，否则怎能得胜。”

“说点有用吧，我的刘老师。”大志又一次把我打断。“好吧，我就给你说点有用的，其实对你的战略规划我早已想好，第一你要主动跟苏妙妙多接触，你们住邻居机会肯定比王四眼多。第二你要多给她弹琴唱歌，你看她上次听你唱歌时的表情，你还是有戏的。”我的话让有几分醉意的张大志立马清醒了：“继续说，下面我该怎么办？”我喝了一口酒继续发言：“有一点你要向李小光学习，他虽然很龌龊但比你主动，泡妞就要死缠烂打。”

“怎么主动，”张大志又摆出一副痴呆表情。

“比如，你要主动请她吃饭呀，不要来‘好来屋’吃，去个麦当劳什么的，泡妞要有成本的，然后一起散散步什么的。”

“然后呢？”“然后就带她去小树林。”

“去小树林干吗？”张大志张着大嘴用无比期待的表情看着我。

“去小树林还能干吗，你是傻呀？”这时我已确定张大志是个傻子。

“去小树林你就可以抱她呀，你是真傻呀还是假傻？”我快被他气疯了。

“这样不行吧？”

“怎么不行呀，我发现你就是真傻？”“然后呢？”他又傻乎乎地问我。“然后你就亲她呀！”“这样不行不行吧？”张大志红着一张大脸看着我。

“你这也不行那也不行的，怎么搞定苏妙妙呀，她要是被王四眼强抢先搞定了，你想行也不行了。”我完全不想跟张大志说话了。

“她要是告我流氓咋办？”张大志的问话使我瞬间崩溃了。我发现我正面对着一个智商是零、情商是负数的人，我们已经完全无法正常沟通了。一个精神病医生曾经跟我说过，如果你经常跟一个精神病患者谈话，那么你离精神病也就不远了。因为你会跟着他的思路走，当你发现你跟他的谈话顺畅的时候，你们的思路也就一致了，当你跟一个精神病患者的思路一致了你也就是精神病了。我现在感觉跟张大志的谈话就正是往一致里去。

“好吧，如果她说你是流氓，你就跟她说你就是个流氓，女人都喜欢这样的男人。”

“你是说女人都喜欢流氓？”“我没说女人喜欢流氓，我是说你要有流氓的胆量！”

“我要是有流氓的胆量，我不就真成流氓了吗？”我们的辩论越来越白热化，而且谈话的内容也越来越偏离主题了。最后我为了不跟他思路一致，及时停止了这场无聊的辩论：“好吧，你要是不听我的，以后你的事我就不管了。”我一口喝干了杯中的酒起身要走，被张大志一把抓住：“好啦，好啦。我听你的，你之前的主意都很好，我明天就请她吃麦当劳去。”

5

张大志这次很爷们儿，说到做到。真的请苏妙妙去了麦当劳，但不是她一个人。苏妙妙要求带上李倩一起去，大志爽快地答应了。这次张大志真是用了心思，他是有备而来，他为了讨好苏妙妙专门去了一趟798。798是当时北京一个新鲜的地方，它以前是个工厂后来不景气要出租部分厂房，结果被几个艺术家看中租下了部分车间，他们把废弃的车间改成了艺术空间，在这里艺术创作和举办画展，而且为了宣传，所有的画展和活动几乎都是免费开放，由此吸引了不少人好奇前来参观。随后有越来越多的人来到798，他们或者开工作室，或者开咖啡馆，或者开文化创意产品商店等等，一时间成了北京乃至全国都知名的艺术圣地。798艺术空间当时主要是以展览当代艺术为主，很多新兴的观念艺术、行为艺术都会在这里展览或表演。张大志也是经人介绍去的，他发现这里有很多关于行为艺术的画报和杂志，他拿了好多送给了苏妙妙。他这招还真灵，苏妙妙在麦当劳看着这些画报是如痴如醉，爱不释手。李倩偷看了几眼，发现画报上都是一些一丝不挂的男人和女的照片，有的还血淋淋很是可怕，她一下子心慌了，脸也红了，不敢继续看下去，低下头使劲地喝着果汁。

“太棒了，简直太棒了，这才是真正的艺术，这才是真正的自我解放。”苏妙妙情不自禁地发表着自己的看法。张大志满意地看着她说：“下次我们可以一起去看展览，也许还能碰上他们现场表演呢！”

“真的吗？什么时候呀？”苏妙妙迫不及待地问。“这周六吧，他们周末活动比较多。”大志说。

“好呀，好呀，李倩你也一起去吧。”苏妙妙转头看着李倩。

“我可不敢去，看到一些裸男多可怕呀。”李倩边摇着头边喝着果汁。

“这有啥可怕的，这些男人是艺术家，又不是流氓你怕什么？”

“对！不是流氓，不是流氓！”张大志兴奋地接过苏妙妙的话。

没想到他此话一出引来她俩一阵笑声，苏妙妙笑声尤其洪亮：“流氓怎么啦，我就喜欢流氓。哈哈哈……”

“啊！”张大志想起了我和他的争论。

周六的下午阳光明媚，苏妙妙和张大志并肩走在798川流不息的人群中，苏妙妙此时感到无比的好奇和兴奋。她做梦也没想到798竟是这个样子，巨大的抽象雕塑就摆在马路上，墙上贴满了各式各样的艺术海报，张张都设计的那么精美、那么有想象力。更让她感到兴奋的是，在798里，她看到的每一个人都打扮的那么前卫、时髦，那么的与众不同，个个都像是艺术家。她瞬间感觉自己爱上了这里，她觉得这就是她该来的地方，她一刻也不想离开。

随着人群他们来到798最大一个艺术空间，这里真的正在举行行为艺术表演，跟他们看到的画报上差不多，一个男人一丝不挂地站在舞台中间，正在用头使劲撞击着一块一米见方的玻璃板，他要用头穿过坚硬的玻璃。空间里挤满围观的人，个个都在为他默默地打气。也有胆小者不敢直视，生怕玻璃碎了会划破他的脖子导致其当场毙命。人群中有很多外国记者，他们都疯狂地按动着快门，生怕漏掉一个重要的画面。张大志和苏妙妙更是没见过这样的场面，傻傻地站在人群中大气也不敢喘一下，不知将要发生什么。艺术家没有让大家失望，他在几次猛烈地撞击后终于把玻璃撞碎顺利地把头伸了过去。接下来的一幕更是触目惊心，他要把玻璃夹在脖子上站立起来。这个动作极其危险，因为只要一有不慎，玻璃就会划破他的颈动脉导致死亡。在场很多人已经看不下去了，他们情不自禁地高喊着："不要动！很危险呀！"更有脆弱的女士发出了刺耳的尖叫。可艺术家怎么会被这些凡夫俗子们所动摇，在他的世界里艺术就是生命，他早已为了它将一切置之度外了，眼下没有任何事比他要完成作品更重要的了，他没有任何犹豫地把身体慢慢地直立了起来，可无情的玻璃没有对这个执着的艺术家手下留情，它狠狠地扎入了他的皮肤里。这时艺术家的脖子上已经淌满了鲜血，而且还有要喷出的趋势，这时人群开始骚动起来，有人高喊："快打120，快叫救护车。快！快！快！再晚点他就没命了！"错！大错特错！这显然不是他想要的，看来这些凡夫俗子们真是不理解他。他冒着生命危险完成自己的作品难道就是为了被抢救吗？这时站在人群中的张大志忽然清醒了，他忽然明白了眼前这个艺术家想要的是什么。他推开了身边骚动不安的围观者，他甚至也没有理会苏妙妙，独自挤到了第一排，他站在人群的最前面郑重地向艺术家鼓起掌来，他的这一举动惊醒了在场的所有人，他们终于明白了艺术家想要的就是自己的作品被认可、被欣赏，他需要掌声，需要震耳欲聋的掌声，此时此刻也只有掌声可以让他完成并停止表演，也只有掌声可以挽救他的生命。

6

张大志的这一举动让苏妙妙瞬间对他无比崇拜，她觉得眼前这个男人突然变得很高大，样子也变帅了。她挤开人群走到张大志身边跟他一起使劲地鼓起掌来。

那天晚上他们真的去了小树林，张大志省略了我告诉他先拥抱的第一步，直接给了苏妙妙一阵粗笨的狂吻，这是他的初吻，他完全没有经验，也完全没有考虑对方的感受，以至于被苏妙妙推开过两次，但他这时已经完全不能控制自己了，他死死地抱着眼前这个梦中的女神，成功地变成了一个“流氓”。

爱情会使人疯狂也会使人迷失，张大志的自从有了初吻之后，就开始迷失了，他变得越来越敏感，只要是苏妙妙对他的态度有一丝的冷淡他就马上很紧张，生怕被抛弃，因此对她小心翼翼，百依百顺。苏妙妙提出想要一辆自行车，大志跑到30公里外买了一辆不是那么旧的二手车送给她。她说喜欢去798看画展，大志就放下一切事情陪她去。她说想学吉他，大志就把自己心爱的吉他送给了她。可感情的事说来也怪，大志越是对她好，她反而越是对他若即若离，时好时坏。自从他俩好上以后，苏妙妙几乎不去小楼住了，好几次大志鼓足勇气去隔壁找她，开门的都是李倩，并告诉他苏妙妙不在，大志心情越来越沮丧，他也没有来找我给他指点迷津，成天魂不守舍地在小楼里喝闷酒，课也不怎么去上了。

小光为了讨好他，不知从哪里弄来了一台破电视和录像机，大志没事就去学校附近的录像厅租一堆港片回来消磨时间。一天，小光神神秘秘地来到小楼，进门就把窗户关上拉上了窗帘。“今天给你带来了好货，给你解解愁。”小光不怀好意地笑着说。“什么东西，我不感兴趣。”大志躺在床上背对着他不耐烦地回了一句。小光没理他，从包里把一盘录像带小心翼翼地插进录像机里，并把声音调到了最小。电视里断断续续地传出一阵咿咿呀呀的呻吟声，张大志立马被这种声音吸引，他转过身一看，一对金发碧眼的外国男女正在一丝不挂地趴在床上抽动。“你看这个干吗？”大志急了。小光却不以为然地说：“这有什么，让你学学嘛，以后跟苏妙妙可以派上用场。”此话一出，大志顿时火冒三丈，他决不能让李小光这样的人亵渎她的女神，他随手拿起手边的玻璃杯向小光砸去，“啊！你来真的。”小光喊道。玻璃杯擦着小光的脑袋砸在地上碎成了几片。“你疯啦？要杀死我呀！”李小光骂道。“你给我滚出去，以后不准你提苏妙妙半个字！”大志冲着他狂吼着。小光拿起书包转身跑了，大志追出门去依然冲着他的背影怒吼着，他要让全楼的人都听见，他要打扰所有人，他要把压在自己心里的所有不痛快都喊出去。

空空的房间里，张大志坐在床上又开始喝酒了，他脑子一片空白什么也不愿意想，什么也懒得做。他心里很想苏妙妙却又不敢去想她，因为越想她越是难受。一阵轻轻地敲门声，打破屋子里的沉静。这声音不像是李小光发出来的，大志晃晃悠悠地站了起来看门一看，站在门外的竟是李倩。大志有点惊讶：“怎么是你呀？是不是刚才吵到你了，对不起呀。”李倩低着头说：“是苏妙妙让我来跟你谈谈的。”

“赶快进来说吧。”大志边说边拉李倩进屋，李倩并没有拒绝竟跟他进来了，两人分别坐在了床两头都低着头不知道该说点什么。“她让你跟我说什么？”还是大志先忍不住说了话。李倩还是低着头说：“她说最近学习比较忙，暂时先不要见面了。”大志冷笑一声拿起地下的啤酒狠狠地喝了一口。“你不要难过，其实苏妙妙还是挺喜欢你的。”李倩抬起了对他说。“我没事，你不用安慰我”大志说完又喝了一口酒。李倩有点不知所措了，她从来没有过感情经历，她所了解的感情大多都是从爱情小说中看到的，她不知道该怎么安慰眼前这个受伤的男人，“你不要喝酒了。”李倩弱弱地说了一句。大志转头看了一眼李倩，这次她没有低头，他发现眼前的李倩跟以前不一样了，不对，他以前就没有仔细看过她，因为她见他时几乎都是低着头，今天他看清楚了，李倩皮肤很白嫩，一头乌黑的娃娃头，眉毛被齐刘海挡住了一半。一双水灵灵的大眼睛好似会说话，她是那么得清纯、那么得无邪，仿佛就像失散多年的妹妹。张大志看入了神，他第一次发现李倩是如此的美丽。他脑子里反复回想着跟李倩为数不多几次的单独会面，第一次李倩说苏妙妙让她请他去看朗诵会，可后来苏妙妙只字未提过此事，之后他去隔壁找苏妙妙李倩对他也很温柔，刚才她知道他跟小光吵架现在又来安慰他，这一切都表明什么？张大志忽然明白了……

李倩看他一直盯着她看，不好意思地把头低下“不要低头！”大志情不自禁地说。“你这么漂亮，干吗总是低着头呀？把头抬起来。”大志鬼使神差地用手抓住了李倩的手。很奇怪李倩并没有拒绝他，现在的张大志已经不是以前的张大志了，他自从跟苏妙妙有过一次“流氓”经历以后胆子变大了，他一把抱住了李倩，他用身体紧紧贴着她的身体，他发现李倩柔软丰满的身体正在发抖，而且抖得越来越厉害，他有点不忍心伤害这个单纯柔弱的妹妹，可脑子里忽然出现了录像带里的裸体画面，他真的无法控制自己了，他不顾一切地撕开李倩的衣服把她扑倒在床上，这一次他变成了一个真正的流氓……

第三章

1

三十岁来临的那一夜，我做了一个很长的梦，梦到了很多很多的人。梦到了很多树都闪着光，树上有很多双眼睛在看着我。我梦到了张晓晴，她跟我说她的美国老公在他们的新婚夜里突然阳痿了，而且永远不会硬了。还梦到了约翰·列侬，他对我说上帝不喜欢他的音乐，他要把所有音乐送给我。也梦到了张大志，他正弹着我的吉他在草坪上唱他的主打歌《加州旅馆》，苏妙妙和李倩都在一旁静静地听着。我努力地从梦中醒来，房间空无一人。

时间过得飞快，我发现我的青春就像这场梦一样，醒来后便已经离我远去了，而且一去不回。过去的很多朋友都很久没有联系了，我想我们都会有很多变化，不知道他们现在是否跟我一样依然孤独着。

北京公主坟一带乌鸦很多，经常可以看到成群的乌鸦在三环路边上停留嬉戏，据说这些乌鸦老巢在故宫，在满族民间传说中，乌鸦是拯救者的形象，主要是跟它吃腐肉有关，满族先民们采取渔猎的生产方式，人们在乌鸦聚集的地方可以获得食物，久而久之便崇乌鸦为神鸟，乌鸦落在努尔哈赤和皇太极身上，将其包围，给敌人造成他们已经死了的假象，从而救了他们。努尔哈赤下令要在索伦杆上敬畏乌鸦。沈阳故宫门前就立着一根索伦杆，据说北京故宫也有。我无聊的时候经常会在下午四点左右去公主坟看乌鸦，我觉得乌鸦是种很奇怪的鸟，它看上去很凶，体积也不比鹰小多少，可它却不是猛禽也没有攻击性，可见它是个低调且大度的鸟。

今天的公主坟车比往常的少，乌鸦也少，不知道是不是因为天气转凉，它们懒得出来了。一辆大奔猛地停在我前面，打乱了我观赏乌鸦的兴致。

后车门打开，一个矮胖男人下了车并对我喊着："你是刘文吧，还记得我吗？"我定睛一看："啊！你是王总吧。"

"是呀，是呀，我们好久没见啦，你还记得我呀"王总满脸堆笑地说。

"我当然记得啦，上次的五粮液真的很好喝。""太好了，赶紧上车兄弟，我们找地方喝点。"

我被王总热情地拉上了车，我们一路往南又到了方庄附近的"顺峰"酒楼，一切仿佛是电影画面的重演，上的酒菜几乎跟上次一样，只是没有了张大志。

"您最近跟大志还有联系吗？"我不经意地问他。

"大志呀，这小子后来跟我合作过一个项目没成功，就很少联系了，不过他人还是不错，只是当时项目不成熟，我嘛，说实话兄弟，当时我也没钱，找你们俩纯是解闷玩，不过现在不一样了我把我那个半死不活的矿给卖了，现在有钱了，我准备开个影视公司，这几年拍电影多挣钱呀，我一直在找你呢，上次跟你聊完对你印象特好，来吧，咱俩合作一把吧！”话音未落王总举起酒杯要跟我碰杯。

我也举起杯说：“王总，我很愿意跟您合作，不过我有个要求，就是叫上大志一起干吧，我们毕竟是他介绍认识的。”

“没问题。兄弟，你现在就给他打电话，有钱一起赚，你够仗义！”我俩一饮而尽。

回家路上手机突然接到一个信息，我打开一看，是个陌生的号码，显示内容——

每日心语：

人生是一场相逢，

人生又是一场遗忘。

心无旁求，万物皆美。

我回复“你是谁”

信息回复“你的老朋友，晚安。”

2

张大志盘腿坐在一块大青石上闭目打坐，自从上次他见了王道长后，他死缠烂打地磨了一个月要拜王道长为师。王道长起初对他很反感后来发现此人还有些毅力就勉强答应了。张大志本想跟王道长学算命打卦之术，王道长觉得他性子太急要他先学太极，每日让大志在山中采气练功打磨他的心智。一日，大志练得实在无聊找王道长诉苦，求教他其他本领，王道长问他：“你觉得太极无用吗？”大志道：“我整日采气有何用？不能飞也不能跃的。”王道长说：“谁告诉你太极不能飞不能跃的，我飞给你看看。”二人来到一棵大树下，王道长指着树上挂着的一个红灯笼说：“你看到树枝上挂着的灯笼了吗？”大志抬头一看，一棵光秃秃的大树足有

7~8米高，没有树叶树枝也几乎被砍没了，树上的确挂着一个灯笼，原本估计是村民挂上去夜行照亮用的，日久没人打理灯泡坏了灯笼也破了孤零零地挂在树上，王道长问大志："你目测一下这灯笼有多高？""估计有5~6米吧。"大志含含糊糊地说。

王道长接着问："你不用梯子可以把它摘下来吗？"大志看着道长说："没有梯子谁能摘下来呀？要是能摘下来村民早就把它摘下来了，还能让它挂在上面吗？"王道长往后退了几步闭目提了提气，突然睁开双目盯着灯笼说了句："你看好了"话音未落他小跑几步纵身一跃飞上树干，双脚在树干上紧踏两三步一手摘下了树上的灯笼，一个空翻稳稳落地。这一切也就是几秒钟，张大志惊呆了，他简直不敢相信这种在武侠电影看到的场景竟然在现实中看到了。王道长把灯笼放到地上对大志说："你看灯笼在树上，我却看它在我手中，一切皆有可能只是你没见过罢了，你继续采气吧！"说完转身扬长而去。

从那日起，大志潜心练习太极虽然离飞上树还差得很远，但也着实进步不少。心也静了，对外界的欲望少了很多，我给他打过电话，让他加入王总的公司一块干被他拒绝了，他说他想出家一直跟着王道长学习道法，我上山找过他几次也劝过他，可每次都是无终而返。时间过了大半年，我跟王总合作还算顺利。我给他写了几个剧本，他用了一个给我一笔不小的稿费，王总每日奔波于全国各地，北京公司交给一叫阿苏的广东女孩儿打理，我每次的稿费和工资也都是阿苏打给我，我跟阿苏见过几面，她长得小巧甜美很会说话，普通话说得不标准每次见我都要重复叫我两声阿文阿文，只要你一逗她，她就笑个不停很招人喜欢。王总对他很信任，北京的事儿全交给她管，很明显她是被王总包养的情人。

下午我接到阿苏电话，约我去公司楼下咖啡厅见面。我一走进咖啡厅就看到阿苏坐在角落里低着头看着手机，我叫她一声："阿苏！"她抬头看着我没有回答，我感觉今天气氛不对，阿苏没有重复叫我阿文，她好像哭过，眼睛有点红肿。我问她："你怎么了？"她微微低了低头说："我没事，不过阿文我要走了。""啊？你要走了什么意思？"我有点摸不着头脑。“就是我不在这里干了，公司会换个新人来北京，以后你有事可以找她了。”阿苏冷冷地说。这是我第一次看她这么得低落。“你跟王总闹别扭了？”我忍不住问了这个傻问题。阿苏抬头看了我一眼默默地说：“我们的事也不瞒你了你也能看出来，我跟他这么多年不求他能娶我，虽然他给我很多我也把青春给了他，他现在另有新欢了就把我踹了，我很恨他。”我一时不知道该说什么好，是劝她呢？还是跟她一起骂王总，阿苏喝了口咖啡继续说：“我早知道他在山西有个人，我一直没说破，没想到他这么无情要把那个女的调来代替我管理公司，太伤人了，我不服我要报复他，他其实就是个诈骗犯真名也不姓王，我都有证据要去告他。”阿苏越说越激动，声音越来越大。邻桌的几个人都在偷偷地看着她。我默默地看着阿苏，突然觉得女人真是很可怕，一个看似这么柔弱的女子内心却是这么强悍。看来女人不能惹，看似温柔的女人更不能惹。“阿文不瞒你说，我上个月刚帮他拿下一个大单子，他以为是他给了人家领导钱才办下来，其实狗屁，是我跟那个小科长上了床才办下来的，我要杀了他。”阿苏说完再也无法控制情绪了趴在桌子上痛哭起来，而且哭声很大。周围的人全用异样的眼光看着我们，搞得我很别扭。“阿苏别哭了，我理解你，你离开他是好事呀，你可以找到你自己真正的幸福的，不要难过了。”我这种小儿科的哄人方式明显没用，阿苏擦干眼泪又说：“你说我管他要500万青春损失费不高吧！可他说我最多值50万，你说他还是人吗，简直是个畜生。过河拆桥不得好死！”说完又趴在桌上哭了起来。我真是不知道该如何劝这个受伤的小女人了。“这样吧阿苏，我给你介绍一个高人让他帮你想想办法吧。”我不知道怎么突然冒出这么一句来。“谁呀？”阿苏边哭边问我。“西山有个王道长，人们都叫他王神仙我想他可以帮你解决你的困惑。”我真是没招了胡乱出了这个不靠谱的主意。没想到阿苏却突然不哭了看着我说：“好呀，我是该找神仙算算了，我怎么这么倒霉，让他给我想个办法把钱要回来。我怎么去找他你说？”“我给你一个电话吧，你去找他的徒弟张大志，让他给你引荐。”我终于可以摆脱这个迷信的怨妇了。

从咖啡馆走出来，我看着街上的忙碌的人群，忽然感觉很是无聊，这个世界怎么变成这样了，我也突然有种想出家的想法，觉得张大志的决定是对的，要摆脱这个庸俗不堪的尘世只有归隐山林才能得到内心真正的宁静，听说终南山上就有一批归隐之士，每日砍柴种地与外界完全隔离，过着无欲无求的生活，日子虽苦但精神世界却无比纯粹，听说很多抑郁症病人去了那里都变得乐观起来了。我边走边想着隐士的生活该是个什么样子，突然一阵短信铃声打断了我的思绪，我打开手机一看又是那个陌生的号码发来的短信。

每日心语：

相信上天的旨意，发生在这世界上的事情没有一样是出于偶然，终有一天这一切会有一个解释。

3

回家后我百无聊赖地在家昏睡了几天，门也懒得出。草草地翻了几本小说，看了几部文艺电影，完全找不到任何感觉。在网上找了一些关于终南山上归隐人士的介绍看了一阵，也觉得没劲。突然接到张大志的短信，他告诉我阿苏前几天真的上山去找他了，问了很多莫名其妙的问题，问我是怎么回事。我敷衍了几句没有告诉他阿苏跟王总的事，就说她失恋了需要有人开导。大志也没回复我。就这样又待了几天突然接到王总电话说他回来了让我去公司找他。我放下电话犹豫一会儿，还是出门了。

王总在办公室里一个劲地抽着烟，一副心事重重的样子。看我进来他连忙站起身跟我打招呼："刘文赶紧坐，最近公司出了好多事我也顾不上你，你还挺好吧？"看来王总根本没想跟我提阿苏的事，也许在他看来阿苏就是个无足轻重的女人。我点上王总递过来的中华香烟抽了一口："我挺好的，就是最近有点无所事事很无聊。"王总没有接我的话，看来他今天找我来不是瞎聊天的，更不是请我喝五粮液的。他直接进入主题：“最近公司碰到点事，你北京人熟看看能不能帮忙想想办法？”“出了啥事？”我漫不经心地问。“之前阿苏联系上了一个领导，其实就是个小科长本来说好了批给公司一笔钱，这不是阿苏不干了吗，不知道为什么这领导变卦了，说是不批了。公司急需这笔钱，我听说这领导毕业的学校就在你学校对面，跟你又是一届的，或许你能认识。”“他叫什么？”我问。“也是北京人叫李小光。”王总说。

“哈哈哈！”我忍不住大笑一阵后说：“这人我知道，但我跟他没交情，我给你推荐一个人吧，这人跟他一说绝对好使。”王总脸色马上由阴转晴：“是谁？”“其实这人你也认识，张大志。”王总一副惊讶表情：“啊！大志能搞定他？”“您有所不知，大志跟他是同寝室同学，李小光最怕大志这事我知道。大志搞定他没有问题，但问题在于大志现在愿不愿意管这事，他现在是半出家状态，对名利看得很淡，让他出来找李小光难度很大。”王总脸色又从晴转成了阴，他靠在老板椅上陷入了沉思中，眼睛直直地看着天花板半天没说话。我们都各自点了根烟默默吸着，烟雾很快占据了办公室的上空。随着烟雾慢慢地散去，王总心情似乎也拨云见日了，他又堆起一脸微笑对我说：“这样吧，如果大志能把这李小光搞定，我给你20万。你跟大志怎么分我不管由你做主，你看怎么样？”王总真是商场老手，他知道我能有办法搞定张大志，张大志可以搞定李小光，这时我突然想起阿苏对我说王总对她是过河拆桥毫不念旧情，她被王总包养这么多年说踹开就踹开对我更是不会留什么情面，我又何必跟他讲情面呢。我使劲撵了撵在烟灰缸里没有熄灭的烟头看着王总说：“张大志不好搞定呀，这样吧50万。50万我把他搞定，先付我一半，搞不定退你钱。”我的这番话显然让王总很震惊，我脸上掠过一丝不悦但很快就又恢复了微笑说：“没问题，明天我打到你卡上，但你要给我一个期限。”“两周吧！”

我说。

“不行，只给你一周”王总盯着我说。“一周太短，10天吧”我说。

“成交，不过我可丑话说道前头，如果办不成我可不答应。”王总说这话时脸上依然堆着微笑。

“您放心吧！”我说完起身刚要走，被王总叫住，他起身边送我边拍着我肩膀说；“明天公司新来个经理叫阿倩，钱她会打给你。以后北京这边由她负责，你有事找她就行，尽快约大志下山。”

4

回家路上我突感一阵迷茫，觉得自己办了一件傻事。无意中卷入了一个跟自己无关的是非中去了，反复想了想自己真是傻得要命，本来就不是个商人非要假冒商人跟王总谈交易，完全是鬼迷心窍把自己装里面了。我想起林语堂曾说过的话“人生在世，幼时认为什么都不懂，大学时以为什么都懂，毕业后才知道什么都不懂，中年又以为什么都懂，到了晚年才觉悟一切都不懂。”我现在就是自以为是，认为自己什么都懂，其实在王总这个老奸巨猾的商人眼里，我完全是个笨蛋。更傻的是我还把阿苏介绍到张大志那里去算命，她肯定说了很多王总的坏事，李小光变卦不批钱多半是阿苏为了报复王总干的，何况张大志本来就讨厌李小光听了阿苏的话他更不会下山了。现在我夹在中间两头不是人，真是傻到家了！回家后我上床倒头便睡，我什么都不想想了，只想好好睡上一觉，把一切都留给明天。希望明天能有办法……

上午十点，被一阵短信声吵醒。我打开手机一看是一条银行收款信息，短信显示25万到账。随后又有一条短信显示：“刘文你好，我是阿倩今天如有时间请到公司一见。”看完短信我随手把手机扔到沙发上想继续睡，可怎么睡也睡不着了。一股强烈的好奇心涌上心头，我倒要看看这个阿倩与阿苏有什么不同，可以把王总这个老色鬼搞得五迷三道的，竟把北京公司交给了她。我走到浴室开始洗脸，一照镜子竟发现自己苍老了好多，一夜之间胡子长了满脸，头发也出了很多白发。

11：30我到了公司大堂，忽然肚子一阵咕咕狂叫，才想起来从昨晚到现在我是滴水未进。我转身走进大堂楼下的咖啡馆，坐在上次跟阿苏见面的位置上点了两个牛角面包和一杯卡布奇若咖啡。一口咖啡下肚，我突然对见阿倩的好奇心全无，心想："我这是有病呀，这么着急看别人的小三干吗呀，大志的事还没搞定跑这来真是浪费时间，我现在应该在西山上才对呀。"我决定喝完咖啡直接上山找大志办正事，见不见阿倩不重要了，就这么定了。于是拿起面包大吃起来。"你是刘文吗？"突然身后传来一个女子清澈的声音。我扭头一看，我愣住了！眼前看到这个人太出乎我的意料之外了，我真是怎么想也不会想到竟然是她。站在我面前的女子一头时尚短发，脸上化了淡妆。给她清秀甜美的五官又增添了几分妖娆，身穿一套职业西装套裙裸露着小腿，高跟鞋足有7～8厘米高，弥补了她身材不高的弱点，她站在那里气度非凡很有女企业家的风范。她不是别人竟是李倩。

5

"我可以坐下吗？"李倩不慌不忙地边说边坐在了上次阿苏坐的位置上。

我还有点吃惊地说："真没想到会是你。""可我早就知道是你。"李倩笑了笑说。"这世界太小，也太巧。"我说。

"世界不小也不巧，是我们的圈子太小，人生活的轨迹离不开自己的圈子所以老是能碰到熟人。"李倩的语气很像是个导师，让我不经想起了张大志，却又不知道该不该提他。

"你不要多想了，你的事我全知道了，你被老王给套进去了。他今天走了，临走时告诉我先不要给你打钱，要等你约出张大志再给你打10万，而且他也只想给你10万，你被他骗了。可他不知道我们认识更不知道我们的关系，所以为了让你不吃亏我刚才给你先打过去了25万。"李倩缓缓地说着。

"这个老骗子，真不是东西。这钱我不要了全退给他，这事我也不管了。”我气得把面包狠狠地扔在了盘子里。

“这又何必呢？我觉得这事好办，张大志可以说服李小光这点你我都清楚，大志是你的发小他会给你面子的，反正钱我控制，到时不会不给你的，你放心就是了。”李倩不慌不忙有条有理地说。

“我不是不放心你，我是不想让这个姓王的得逞罢了。”“这又何必呢，你拿到钱不就完了，这对你来说也是个机会，50万不算小数。”

“张大志不是以前的张大志了，他现在不喜欢唱歌了他现在喜欢采气练太极了。我还真没把握说服他。”我有些泄气边说边喝了一口咖啡。

李倩捂着嘴笑了笑说：“练太极挺好的，只是你不该把阿苏介绍到他那里去。那个女人只认钱，办事不择手段，会坏了你的事。”

“这个你怎么知道的？”我吃惊地看着她。她又捂着嘴笑了笑：“我知道的还多着呢。”

这次见到李倩发现她变化很大，再不是那个单纯的跟在苏妙妙身后害羞的小姑娘了，从她的眼睛里能看出来这些年她肯定经历了不少事。

“好了，我们改天再叙旧吧。我要走了公司还有事。”李倩站起身来要走，但又迟疑了一下转头对我说：“还有，我告诉你我跟王总不是你想的那样，你见了大志最好不要提我。”说完转身走了。我一直看着她一步一步走出咖啡厅，她那漂亮的高跟鞋每发出一下“嘎哒”的声音，我的心也“嘎哒”一下。她的脚步声让我又想起了过去那个李倩和我们的青春岁月，这脚步声仿佛新年倒计时的钟声，伴随着过去的时光和记忆一步一步地走远了。

6

那天下午我没有上山去找大志，我要消化一下上午发生的事。我想我不能再稀里糊涂地办事了，要好好想想这里面到底是怎么回事，李倩跟王总到底是什么关系这好像是个谜，她为什么要跟王总在一起，她为什么要帮王总让我去找大志，她对大志是否还念念不忘是不是还有感情，她在这件事里到底是站在哪一边。张大志那晚跟李倩发生了关系这事，他一直含含糊糊没对我说清楚，之后他们好像也没有在一起。毕业后我问过大志关于李倩的事，他说跟李倩没有联系了，李倩也没有找过她。我当时认为大志心里还是惦记着苏妙妙，可现在看来好像没有那么简单，大志后来没有找过苏妙妙，也只字不提李倩。我那时就很奇怪，李倩是暗恋大志的，他们发生了关系李倩应该高兴呀，怎么后来也不找大志了呢，难道他们之间有什么不可告人的秘密吗？我越想越觉得蹊跷，决心明天要上山找大志问个明白。

半夜被这些陈年旧事搞得翻来覆去睡不着，恨不得连夜上山找大志问个清楚。可忽然又想，李倩不让我对大志提她，肯定是有她的道理的，说了估计大志肯定不会下山了，这钱也就挣不到了，我想还是先办正事吧，等钱到了手，事儿也办完了再问他俩的事也不迟。我想了想要说服张大志必须先说动王道长，如果王道长劝大志的话，成功率就会大很多，但要想说服王道长就要了解一下道家的思想，否则空谈是没用的，反正也睡不着干脆找本道家书来看看，临阵磨磨枪也是好的。可我翻遍书架只找到几本关于佛教的书和一本《三字经》。这下可难办了，我不能明天见王道长跟他聊佛教和背《三字经》吧。没办法只能倒头继续睡觉。

昏昏沉沉中做了一个梦，梦到我走到了一个巨大空旷的广场上，广场上只有我一个人孤单地站那里，我冲着四周大喊大叫，却没有一声回答。我从梦中惊醒，点上一根烟深吸了一口，一阵浓烟从我的脸上飘过，让我清醒了。我忽然想道家讲无极生太极，太极是阴阳两相依。也就是说世间万物都有阴和阳，也可以说是阴阳产生了万物。就像男人和女人一样，有了男人和女人才会有延续的生命，那么道家其实讲的是“有”。而佛家正好相反讲的是“空”也就是“无”。佛家认为万物皆是空，所谓“菩提本无树，明镜亦非台，本来无一物，何处惹尘埃。”就是这个道理，佛教讲“不二”意思是“可一，可三，不可二。”二就是对立或是产生阴阳，有了阴阳就不会“空”了。所以佛家是要度人来修来世的，道家是要人“有”的。不管怎样明天一定要上山找王道长跟他好好聊聊。

第四章

1

一天无意中在电视上看到一个访谈节目，一个自称女性心理学家的家伙正在高谈对女性的独到认知。他说："女人化不化妆或者化什么妆，完全取决于她心里装着的那个男人。一般女性如果对不喜欢的男人往往是不化妆甚至敷衍了事，对有性冲动的男性往往浓妆艳抹"。这句话完全是一句废话，现在电视节目也是没底线，什么人都能上节目，上了节目就都是各种专家甚是无聊。可不管这个自称女性专家的家伙说的对不对，那天的李倩确实化了一个浓妆。这是她这些年以来第二次这样精心打扮自己。第一次是她初见王总的时候，那时她还不爱打扮，她觉得不能像以前那样总是低着头生活了，女人不抬起头就永远没有机会。但她也知道，女人要决定抬起头来就必须让这个世界看到一张美丽的脸。否则还是无用，她就是靠这张脸成功迷倒王总并逼迫他离婚跟她结了婚。但每次当她被王总那双粗糙的大手肆意抚摸身体的时候，她的身体都会发抖，从内心里抗拒。每当她看到这个挺着大肚子流着口水的男人趴在她身上的时候，她欲望全无，甚至有些作呕。她想要挣脱逃掉，但每次都是被无情地放倒，随之而来的是一次次疯狂粗暴的侵入。这一切让她毫无快感，她甚至对性产生了排斥。她也曾在梦中梦到过跟张大志的初夜，虽算不上完美，但还是有激情和美好的。这让她发现，在她内心深处还是放不下张大志，她对他是有爱的。这爱在她身体里一直存在着，并且越来越强烈。她下定决心要改变这一切，她要找到张大志并跟他在一起生活。

李倩独自坐在咖啡馆里思绪万千。她梳理一下刚刚剪短的头发，随手从包里拿出化妆盒照了照自己，她要保持平静，不要让思绪打乱她的心情，这样她的全盘计划才能顺利进行，她要保持美丽和沉稳，静静地等着张大志的到来。

2

“你真的是李倩？”大志呆呆地站在李倩身后说。“大志你来啦。”李倩又低下了头对大志说。

“我收到你的短信就来了，我真不敢相信是你给我发的，你这些年都去哪里了，怎么一直没有消息呀？刘文你见了吗？他好像也老来这个咖啡馆。”大志略显紧张，语无伦次地说着。

“我都挺好的，你先坐下吧，要喝点什么吗？”李倩说。

两人面对面坐着都有些不好意思，还是李倩先开口打破了尴尬气氛。

“大志你还好吗？我听说你在山上学道了，你不会要出家不想结婚了吧？”李倩抬起了头说。

“这是刘文跟你说的吧，我是骗他的，我是跟师傅在学习，但不会出家的，我就是烦他老是来找我，我想自己静静想想以后要干什么”大志话未说完就随手拿起了咖啡喝了一口。

“那就好，那就好。”李倩的表情一下子放松了下来。

“你怎么样？结婚吗？”大志还是不好意思直视李倩的眼睛。

“我结了，但并不快乐，也可以说很痛苦”李倩话语中带着一点点委屈。张大志并没有接李倩的话，只是沉默着，他有点不知怎么回答。这些年他是总觉得对不住李倩，他那时并不喜欢李倩却占有了她，他一个人在国外孤独的时候也经常想，如果那时要是跟李倩好了，也许会跟她结婚生子，也许他就不会出国，不会一个人孤零零的在国外漂泊。也许人生就会不同，他会有个温暖的家和一个贤惠的妻子，也许会有的更多。他常常在这种想象中睡去，也常常在这种想象中醒来。很奇怪他在国外的时候并没有想起过苏妙妙，他当初是那么喜欢她，甚至有些痴狂了，但他现在却把她忘得干干净净没有一丝的欲望和好奇感了。他有几次真的想去找李倩，可却没有勇气。这次他收到李倩的短信，真是很吃惊，他本来想站站桩静一静好好想想要不要见李倩，但他发现他的心和腿脚完全不听他的使唤了，他甚至觉得自己是从山上飞下来的，身体完全失控了。可见到眼前这个美丽动人的李倩他又觉得离她好远，比柏林到北京还要远，他不知道怎么跟眼前这个女人沟通，感觉完全是两个星球的生物。

“你怎么了？是听说我结婚了你不高兴吗？”李倩迫不及待地问他。

“不是，我为你高兴”大志还没有完全从思绪中醒来。

“你为我高兴？为我的痛苦婚姻感到高兴？你不问问我跟谁结婚了吗？不想知道我为什么要见你吗？难道你非要让我说出来我心里一直都很想你吗？”李倩激动地说着，声音一声比一声高，引来了周围很多人偷窥目光。李倩一头趴在桌子上哭了起来，她很难过大志对她的木讷表情和一通无关痛痒的回答。

大志傻了，她没想到李倩会说出还想他这番话来，他有点不知所措，不知道怎么安慰这个受伤的女人。“别哭李倩，我这些年也一直在想你，我想去找你，可一直没有勇气，是真的！”大志的话虽说有点不成熟，但李倩却很爱听，她抬起头擦干了眼泪看着大志说：“那就好，我就想听你说这个，你愿意拯救我吗？”

“拯救你？怎么拯救你呀？”大志惊讶地说。

“你愿意娶我吗？如果你不嫌弃我结过婚，如果你爱我的话，你就拯救我吧，我不想跟王总在一起生活了，我想跟你在一起！”李倩显得有点激动。

“你说什么，你跟谁结婚了？跟哪个王总？”大志吃惊地问。

“还有哪个王总，就是你和刘文都认识的那个王总！”李倩声音低了下来。

“什么！你跟他结婚了？为什么呀？你这么年轻为啥要跟他结婚？”大志显得有点激动。

李倩不回答，又把头趴在桌子上哭了起来，哭的比上一次更强烈。大志点了一根烟，这一切让他完全蒙了，他觉得自己在山上待得太久了，好像完全不理解山下的人了，李倩怎么可以嫁给王总那个龌龊的家伙呢，大志有种说不出的难过，他为李倩难过也为自己难过，自己朝思暮想的女人却嫁给了一个自己看不上的男人，他心里觉得恶心，他真想现在就一刀杀死那个姓王的家伙。大志狠狠地掐灭了烟头，他一口喝光了杯中残留的咖啡，对李倩说："你不要哭了，我拯救你！"

这晚的李倩是幸福的，她亲吻着大志凸起的喉结，久久地，轻柔地亲吻。这个举动让大志感到浑身的神经都绷得紧紧的，他茫然地盯着她的头发，欲望随着她嘴唇一点点地滑动，喉结随之上下起伏，李倩也因此更加如醉如痴，嘴里发出含糊不清的话语。此时她产生了无法抑制的幻觉，她似乎被拦腰折断，上半身和头颅的虚影冲上了屋顶，下半身深埋在大志的身体里。她缓缓地浮动，她任由他的嘴唇在她耳垂、脸颊、胸间滑动，她从橙黄色灯光的映照下看到大志的脸，有点茫然，却满怀深情。

3

我到西山上的时候接近中午时分，我先来到王道长住的小院门口，发现院门紧闭还上了锁，又来到大志租的民房发现也没有人。我感到很奇怪，平日来的时候他们就算不在屋里也不会锁门的，难道是大志跟着王道长云游去了，要是那样可坏了！我急忙跑到大志常练功的地方寻找，结果看到一个人正在站桩采气，我过去一看不是大志竟是阿苏。我问她王道长和张大志去哪里了？她说："阿文呀，王道长回老家办点事走了半个月了，大志前天下山去了，一直没有音讯。""那他会不会去找王道长了？"我急切地问。

"不会，王道长让他在这里教我练功，说回来还要考查我练得怎样呢！"阿苏说。

"那他啥时能回来呀？你怎么也练上功了？"我语无伦次地问着。

"阿文，你是来找大志说李小光的事的吧，我告诉你不要说了，我跟他都说过了，他是不会帮姓王的那个王八蛋的"阿苏狠狠地说。

"阿苏现在情况有变，不是你当初想得那么简单了。"我话音未落，手机响了，来了一条短信，我一看是大志给我发的，上面写道："你现在来找我一趟吧，我在昆仑饭店对面日本料理店等你”。我收起手机转头就往山下走。阿苏在我背后喊着：“你不要让大志帮那个王八蛋呀”。

我到了昆仑饭店的时候已经快下午两点了，肚子一直不停地咕咕叫着。心想张大志这小子突然叫我去日料店干什么呀，不会是要请我吃日料吧？这家伙从来没有那么大方过，更何况日料店这么贵，不管那么多了反正是你叫我来的，先宰你一顿再说，也算没白跑一趟西山。日料店位于昆仑饭店斜对面的二楼上，因为已过了饭点，屋里很冷清，只有一两个穿着和服的服务员在吧台闲聊。我推开日式推拉的大门时，其中一个皮肤白嫩的女服务员跟我打招呼：“您是一位来吃饭吗？”

“我是来找朋友的。”我边回答边看着四周，找着张大志。“哦，您跟我来吧，您的朋友已经等了您好久了。”服务员边说边领我往里面走。她带我穿过一个用青石板搭的小桥来到餐厅后面，我这时仔细看了一下餐厅环境，小桥流水，鹅卵石砌的鱼池里游的全是名贵锦鲤，纯正的日式园林装修风格，从装修质量和陈设的物件来看，这家日料不会便宜。女服务员指着拐角处的包间说：“您的朋友在那里等您呢。”“好的，谢谢。”我大步往里走，希望这包间里等着我的是大盘三文鱼寿司和各种海鲜，或许还有一瓶日本清酒。怀着对美食的美好创景我推开了门，结果却令我大惊不已，屋里确实有一桌三文鱼寿司和各色海鲜，清酒也摆上2瓶了，但令我惊讶的却不是美食，而是并排坐着的三个人，李倩、张大志和李小光。眼前的一切完全超出了我的想象，却又是我所想的场面。

还是李倩先打破了气氛，她站来一把拉着我说：“刘文，快坐下吧，我们就等你了，咱老同学这么多年不见了，今天好好聚聚。”接下来是李小光过来跟我拥抱了一下说：“你没怎么变呀，我想死你们了。”只有大志不跟我说话，也不看着我，独自喝着酒。我被这虚假又真挚的同学情搞得有点蒙，我坐到大志对面严肃地看着他说：“张大志，这是怎么回事呀？”大志没有回答，还是一个劲地喝酒。“先不要问啦，刘文你先吃点东西吧，你肯定饿了。”李倩的话激活了我遗忘的饥饿感，我拿起三文鱼寿司大口吃起来，李小光给我倒了一杯清酒，他举起杯说：“来！难得大家今天聚齐，不管怎样咱们是老同学，为了我们的情感干杯！”我们都拿起酒杯四个人使劲儿地碰了一下然后一饮而尽。

等我吃完所有三文鱼寿司和各种海鲜后，李倩突然话锋一转，开始进入正题了。她看着我说：“刘文，告诉你一个好消息，我要和大志结婚了。”此话一出，我刚刚被酒精平复的心脏又开始猛跳起来，这时我的心率估计在130往上。“你俩要结婚了？”我看着张大志说。李倩没等大志开口就接着说：“是的，不过还要等我们把手头的事办完。”“你们手头有什么事？”我好奇地问着李倩。大志依然一言不发，李小光抢着开口了：“准确地说，是我们大家的事，也有你一份。”我完全蒙圈了，不知道他们在说些什么。我看大志依然沉默不表态，就知道他已然默认了，虽然他可能有些不情愿，但我想在我没来的这段时间里他们三个肯定达成某种共识或是协议，不管我是否同意他们肯定要这么做了。“好吧，那你们说说吧。”我也不着急了，到想看看他们葫芦里卖的什么药。李倩喝了一口酒缓缓地说：“我觉得我们三个是老同学，不管以前怎样我们的情意比起其他人来还是真诚的，刘文那个姓王的把你给骗了，阿苏的姐姐是他的前妻，他俩有一个孩子现在在广州，他后来跟前妻离婚后又勾搭阿苏，被她姐姐发现了，找他俩闹姓王的才把阿苏给开了，阿苏管他要钱他不给才有的后来的事。”“就算是这样，也是王总的私事跟我们有什么关系呢？”我不解地问李倩。“我现在是姓王的妻子，我不想跟他了，我要跟大志结婚所以我才来的北京找你们。”李倩继续缓缓地说着。“你要跟他离婚就直接离好了，用不着这么麻烦吧？”我更加疑惑了。这时李小光沉不住气了，他没等李倩继续往下讲就抢先开口：“刘文，姓王的是个诈骗犯，他从我们这里要走2000万做项目，可已经快一年了，项目至今未启动，他期间让阿苏对我实行美人计来安抚我，我当时一不小心就上当了，现在我发现他根本就是把钱骗走了，领导要是知道了肯定要追究我的责任，我是被他给蒙骗了。”“你活该！谁叫你经不起诱惑，早晚你要坏在你这好色的毛病上。”我瞥了一眼李小光说。“好！你说的对，我以后肯定改正，可是你知道吗姓王的跟我签合同用的是山西的公司，公司的法人是李倩，如果我告他的话不但我要被领导追责任，李倩也会承担法律责任。”“好吧，我想知道你们现在到底要干什么？”我不耐烦地问着。李倩接着开口：“我要报复他，我要将姓王的绳之以法！”

“恕我直言，你们这架势不像是要维持正义。你们是想要他的钱吧？”我现在有些明白了。李小光又耐不住性子抢着说：“我们这不叫骗，这是给坏人的惩罚，我们要给他点教训，让他知道骗子早晚不会有好报的。刘文他也没把你放在眼里，你何必同情他，咱们老同学一起联手不信收拾不了他，到时咱们把钱一分大家多开心呀”。李小光话音未落包间的门被猛地拉开，阿苏突然走了进来。大家一时都惊呆了，阿苏一屁股坐在了榻榻米上一口喝干了我杯里的大麦茶后说：“我要跟你们干，我恨死姓王的了。”阿苏的闯入让我们都有点不知所措，尤其是李小光，脸色阴一阵儿晴一阵儿的，很不自然。阿苏却没看他一眼，她没等我开口接着说：“你们不要怕我出卖你们，我也不要你们的钱，我就是恨他骗了我姐还糟蹋了我，我只想报复他没别的。”

就这样，那天下午的同学聚会莫名其妙地演变成一次复仇大密谋。

稀里糊涂地5个人达成一种口头上的同盟，具体怎么干谁也不知道，好像大家都在等待我们所谓的核心大脑李倩发出指令，一场轰轰烈烈的复仇大戏即将上演。走出日料馆的时候天色已近黄昏，大家都是一副信心满满的表情，只有张大志始终一言不发。

4

回家路上，我感觉这个世界在我的眼里走了样。我觉得自己似乎一丝不挂，拖着一条丑陋羞愧的尾巴。街上的高楼大厦如同一群群疲倦的怪兽挤作一团，路灯就像一只只长腿怪鸟栖息在城市这棵巨树的枝干上，而路上的行人个个面无表情目光直视前方来回走动，他们的影子在地上缓缓爬行。

我真想给张大志打个电话问他是怎么想的，这个傻瓜今天有点反常，我想知道他到底在这里扮演什么角色。但后来一想，他跟李倩肯定是好了，要不他不会是这种状态，问他也是白搭，我现在要好好想想我要不要趟他们这趟浑水，这事从始至终跟我就没有半毛钱关系。忽然手机又是一阵震动，显示来了一条短信，打开一看又一条

每日心语：

“恨一个人，你永远得不到幸福，而爱，可以让你的内心获得真正的宁静”。我立马回了一句“你是谁”可还是没有回应。

几天过去了“复仇同盟”没有任何消息，我也懒得跟他们联系。无聊的时候还是去公主坟看看乌鸦，越看越觉得乌鸦比人靠谱，起码它们彼此信任不会互相算计和背叛。就这样无所事事地又过了几天后，张大志终于给我打了一个电话，他说他不会参加李倩的复仇计划，他也不想再待在这个城市了，他要去找王道长，走之前跟我说一声，如果李倩问起他来，让我什么都不要说。我问他什么时候走？他说就这两天，他让我也不要跟李倩和李小光他们再联系了，大家散伙了。我问他什么时候回来，他说可能一年或是永远不回来了。

放下张大志的电话，我心里忽感空荡荡的，听他的口气好像有什么事没对我说，又感觉不出是什么。就这样过了半个月，我也决心要离开这个让我想安宁又无法安宁的城市，脑海中不断显现网上看到的终南山的画面，第二天晚上，我决定收拾行囊去终南山，看能不能找到归隐山林的感觉。……

一阵急促的电话铃声打破了连日来难得有的平静，我有种莫名的感觉，这个电话不通寻常。电话竟是阿苏打来的，“阿文，阿文你在哪里？”从阿苏的语气里我感到了一种慌恐。

“我在家，怎么了？”我的神经也忽然紧张起来。“你现在赶紧来一趟吧，我感觉要出事。”阿苏果然没给我带来什么好消息。

“要出什么事儿？你现在在哪儿？”我急切地问。

“我在昆仑饭店门口等你，你快点来，见面再跟你讲啊”没等我回答阿苏匆匆挂断了电话。滴滴答的电话余音如同丧钟，从我的耳朵直传到了我的心脏，一种不祥的预感充满了我整个大脑。

我打车到昆仑饭店门口的时候，时间正好是晚上9：35。酒店门口进出的人不多，我一眼就看到在路边来回踱步的阿苏，我快步走过去问她：“阿苏，出了什么事儿。”

“阿文，咱们赶紧走，再晚就来不及了，咱们上车说。”阿苏没有看我紧跑两步拦下了一辆出租车，向我挥手喊道：“快上车！快！”我小跑几步也一头扎进出租车里，阿苏不等我坐稳就对司机师傅大喊：“师傅，我们去红山口凯莱大酒店，快！”

“阿苏，你快说到底出了什么事？”我急切地问。“王总回来了，今晚要出事！”阿苏焦急万分地说。“王总回来了，怎么会要出事呢？”我不解地问。

“今晚王总要请大志和李小光吃饭，他俩现在已经在去的路上了。”阿苏边说边看了看手表。

“大志？张大志不是走了吗？”我追问她。“他走？他去哪里呀？”阿苏的反问让我更糊涂了。

“他半个月前给我打电话说他要去找王道长不回来了呀，我后来给他打过电话，可电话是空号证明他已经离开了，而且他说大家散伙了互相不要再联系了，现在你又说他没走，这到底怎么回事呀？”

“阿文呀，我跟你说实话吧，大志根本没走。我们几个人后来见了很多面，大志跟李倩和李小光吵翻了，他不同意他们的报复行为，他认为他俩也是在骗，说李倩一直在搞阴谋对他没真感情，李小光就是认钱，可他俩不听，李小光跟大志还动起了手，被大志把眼睛都打青了。”

“呵呵，大志终于打了李小光。算是圆了他上学那会儿的心愿。”我插了一句。

“阿文，你还笑，你知道大志为什么打李小光吗？他是为了不让你参与进来，他说这事跟你没关系不要连累你，李小光说不行，说你知道得太多不让你参与以后会坏事，就为这个大志才动手打的他。”阿苏的话让我心头一酸，一股暖流猛地涌上心头。

阿苏继续说：“后来的事更复杂，李倩和李小光商量找人准备绑架王总在广州的孩子，让他签署离婚协议并把财产都给李倩。”

“那你着急什么呀？这样的话你们不就得逞了吗？你们就可以分钱了呀？这不就是你们这个复仇同盟想要的吗？你不是恨透了那个姓王的王八蛋吗？”我不懈地回了她一句。没想到阿苏突然大哭起来，她捂着脸边哭边说：“那孩子不是我姐的，是我的。”

“啊！是你的孩子。”听了她这话我半天没有缓过神来。不过我也终于有点明白了，心里反而平静了下来，我直视阿苏缓缓地对她说：“那这么说你一直也在骗我们了，你是卧底？”

“对！我恨的人是李倩！她最坏了！没有她姓王的不会不要我，我的孩子也被他抢走了，我恨不得杀了她！”阿苏情绪一下失控了，她歇斯底里地冲我喊着。

“所以，你把这一切告诉了姓王的对吧？今晚大志凶多吉少了是吧？”我平静地看着眼前这个可悲的女人，我忽然产生了一丝怜悯之心，我不想指责她，我也不想对她做任何评价，因为任何评价在这个金钱至上的时代都是多余的，我只想知道大志现在处于何等处境，他会不会有危险，王总要对他要做什么。“姓王的今晚有什么安排？你必须如实告诉我，否则我不会放过你的！”我现在意识到事情的严重性了，我狠狠地看着阿苏，我现在无法相信她说的每一个字。

“阿文，我真不知道老王要对他们做什么，但我知道他肯定会做的，他坐过牢他很狠的，我不是不恨他，是我更怕他。他让我做的事我不敢不做，何况我还有孩子在他手上，我这些天跟他们在一起我觉得大志是个好人，我不想害了他！”阿苏说完又哭了起来。

“你给大志打电话让他们不要过去呀！”我说。

“我打了，也告诉他了。他说不行，他要去把李倩救出来，他说他对不住李倩。”阿苏情绪稍微平静一点。

“放屁！什么对不住她，我看是李倩对不住张大志！你有大志新电话吗？我给他打！”我无法控制内心的怒火了，我决定要见到李倩和李小光时给他们一人一记重重的耳光，什么同学情意在他俩眼里连狗屎都不如。

“大志一直有两个电话呀！难道你不知道！他总是隔段时间就给我发条‘每日心语’他没给你发过吗？”阿苏的话让我多年后久久地不能忘怀，我无法形容当时心情，因为之后再也没有人让我有过这样的心情。我不再问阿苏什么了，因为现在问什么都不再重要了，我只想马上赶到大志身边。

……

岁月短章

等峰来

风会熄灭蜡烛，却能使火越烧越旺。对随机性、不确定性和混沌也是一样，我们成为火，渴望得到风的吹拂。

盛夏故事多，记得是一个午后，我接到中国儿童少年基金会秘书处好友电话邀约，希望我担纲改编“春蕾计划”公益项目主题曲《爱在春蕾》，这是创作于1991年的一首儿童歌曲，原唱是两位童星小歌手，歌声甜美抒情，很是动人。好友传达对改编的要求，要加入时尚音乐元素，易于大众传唱，一句话表陈：“我们要一首公益神曲，听了让人忘不了，反复在脑海里萦绕……”

拿到命题，我静下来听了又听，有一点为难，想处理成童声合唱弦乐伴奏，但很难传唱。歌曲创作于九十年代，实话实说，旋律优美但节奏并不清晰，一会儿是4拍，一会儿是5拍，起初顾虑是自己听错了，找了两个音乐人分别听，结论是一致的。不知不觉中，入秋了，四哥来我的小院做客，我放出童声版《爱在春蕾》，他听后也是一样的结论，旋律不错，问题在节奏，改编不易。

国庆节前，好友打来电话，询问歌曲改编进度并邀请我去儿基会秘书处做客。那天下午有点儿热，我穿着一件白T，背了一个黑色书包，走进全国妇联办公楼，电梯停在10层，一出梯门着实惊了，秘书处清一色女孩子，一个个满面笑容列队欢迎……送我回去的路上，好友开着玩笑却一再劝说，看我的态度依然沉静，她奉命使出“杀手锏”。

“郝为，告诉你一个秘密，‘春蕾计划’有灵性，只有至真至善至美之人才能接近，演艺界谁为她奉献付出，日后必然火！”随即，我听到了一个个如雷贯耳的名字，成龙大哥、谭晶老师……我笑起来，她真是太可爱了，不愧是共青团干部出身，太会做人思想工作了。但我的顾虑基于技术层面，并非为名利所困。于是，聪慧如她，慢悠悠吐出一句话，“我送去‘中国好声音’节目组了，几位导师听了都说可以改编，因为一点敏感问题放弃了合作，你到底能不能改？给句话吧！”

于是，我缴械了，国庆节后带着乐队开始封闭创作，三天改编到位开始进棚录制，因为不知是邀请哪位歌手来唱，音域不能确定，先是做了版A调。没想到的是，下午录唱Demo时却发生了圈里共知的“灵异事件”，一直都安好的麦突然坏掉了，怎么试都不行，临时去熟人那里借了一个麦，拿过来也不行，折腾到晚上让人沮丧到要放弃，原来的那个麦突然好了，而后的录唱顺利到让人难以置信。乐队吉他手红太跟我说：“郝哥，按圈里的说法，录歌时麦出状况，这歌要大火！”嗯……

子时，开车回城的路上，接到缩混合成的Demo，第一时间发给好友，10分钟后，微信语音传来她的抽泣声，“郝为，我，我……太感动了，改编得太好了，我没想到你这么有才华，这是我和同事多年的夙愿，太爱你了……”棚里忙了几天有点乏，让她这么一“鼓励”又给我吓着了，没有任何报酬，一句“太爱你了”，就可以了。

码了1000字，读者看了半天也着急了，风呢？是啊，风呢？！“峰”，他终于来了。

晃到11月初，我才知道，为大力传播“春蕾计划”公益项目，以歌曲传递爱心，儿基会秘书处多方联络艺人经纪公司，候选了一批一线艺人、歌手想录制群星版MV，临近年底各类颁奖典礼活动频繁，艺人档期很难统一步调。因与网信办请示协商后，MV定档春节前配合“温暖中国”主题全网播出，时间太紧张了。于是，我答应出面帮忙找找关系协调艺人。

元旦假期，一位在欢瑞世纪任职的好友带来好消息，一线艺人李易峰热心公益，公司和他本人愿意调整档期，全力配合MV拍摄。把这个消息告诉好友，她又哭了，这次是“热泪盈眶”，她的闺蜜是“蜜蜂”，她们一起看了万人空巷的热播剧《麻雀》《青云志》，认为李易峰是为“春蕾计划”代言的最理想人选。

最后敲定MV是两男两女出镜，峰峰确定档期后，开始与黄渤老师接触，女艺人也定了两个实力唱将…结果，到了1月10日拍摄前，黄渤老师档期遗憾没有调整开，于是，我被替补上阵。因为长时间做幕后不出镜，体重胖了不达标又是几天忍饥挨饿，这些都不提了。两位女唱将，一位接了法国的演出来不了，另一位身体不适临时也唱不成了，最终呈现在MV屏幕上的只有我和峰峰两人。拍摄当天，导演把剧本群星互动的戏临时调整为兄弟情。

当峰峰磁性温厚的嗓音在录音棚响起，我由衷地为这个大男孩鼓掌，他对音乐的悟性很高，乐理基础也不错，稍加指导后，第二遍录唱就能很到位。两个人午餐一起吃盒饭，边吃边聊，峰峰也不端着，非常亲和。我问他：“成都火锅不错的，喜欢吃吗？”他答：“火锅不错，就是太辣了，对皮肤不好。”我仔细看看他，肤白圆润五官很标致，一双萌眼特别好看，加上为人真诚谦和，被万千少女迷恋确实有道理。

棚内录完，他开心地跟我说：“郝老师，今天最难的部分完成啦，接下来拍摄我就不怕了。”果然，峰是职业演员，镜头感太好了，导演对他的表现频频点头表示满意。峰的敬业也让人印象深刻，有一个场景转换需要测光，导演示意搬把椅子过来让峰坐下，他小声婉拒导演的好意，“坐下来高度不够，光就不准了”，坚持站了20分钟，拍摄场地没有暖气，他也没有披件棉衣。

春节前，MV如约投放，传播效果非常好，中央各大媒体都有报道播出，蜜蜂们在新浪微博更是积极参与转发。我平时不常上网，了解峰是国内一线艺人热度很高，但没想到能有这么高，我的个人微博一度也被蜜蜂密切关注，每天登录评论区都可以看到大量数据。直到现在，热度最高的几条微博都是关于峰的。好友有一次开玩笑说：“春蕾计划是有灵性吧，郝为你混音乐圈这么多年，也没有如此关注度，你是沾了峰的光，也许，有此契机，你可以重回台前唱了”。

后来我知道，峰被评为2016年度新浪微博热度最高艺人。他是人们心中当之无愧的Superstar，是演艺投资商追捧的优质偶像，也是粉丝心中的正能量小哥哥，但在我的眼中，峰只是一位暖心的邻家大男孩，他有颜有才华更有一颗平常心。

在你十八岁的时候给你一个姑娘

1

上中学的时候，哥们儿小宇爱上了我同桌宁宁，天天让我帮他给宁宁传纸条，但又不敢当面表白。总是在放学后，拉我去北大第一教学楼的空教室里问我宁宁看过纸条后的反应。

为了贿赂我，他有时会给我买一包高乐牌的香烟，有时也会借给我听一些他收藏的国外乐队的磁带。要知道这些磁带，在当时可是有钱也买不来的宝贝。小宇可真算得上是磁带收藏家了，他家里足有两抽屉的磁带，大多是他爸从国外给他买的原装货，我们去他家玩的时候，他总是把抽屉紧锁，生怕我们看到了里面的东西。

于是，我很享受他的“贿赂”，从那时起也开始爱上这些虽然听不明白，但总能隐约打动我的音乐。收完“贿赂”，我们也少不得要在北大捣鼓点事儿。因为我们都是北大老师的孩子，所以管理员也根本管不了我们。

这所全国著名的高校当时是我们这群孩子的天堂，第一教学楼是我们的根据地。几乎每天放学我们这帮子同学都会在那里聚集，看书、聊天、打牌、泡妞、捉迷藏无所不做。当时的北大校园跟现在很不一样，没有那么多难看的新建教学楼，更没有那么多游客和汽车，校园好多地方还很荒凉，建筑大多都是“文革”前的苏式建筑，高高屋顶下是一群群带着各种度数眼镜的青年学生，个个单纯朴素。当时他们流行的打扮是，下身穿破牛仔裤，脚踩一双拖鞋，上身穿一件白色或红色T恤，上面印着“北京大学”四个大字。

说也奇怪，印着“北京大学”四个字的T恤在当时如同海魂衫一样走红，虽然很多高校都有印着校名的T恤，可就是流行不起来，唯有北京大学的T恤是当年最牛的时尚，甚至社会上很多人都来北大买。就连我自己在政法大学上学的时候，好多同学都让我给他们带北大的这款T恤，却没人穿自己印有“中国政法大学”的T恤。以至于有几次在进校门时被保安质问他们到底是哪个学校的学生。

这仿佛就是北京最早的文化衫了，我虽住在北大，但从未穿过。直到后来，又流行一种文化衫，才让我喜欢，就是印有崔健歌名的文化衫。当时最常见的是印有“一无所有”和“一块红布”字样的文化衫，街上穿的人很多，但大家并不惧撞衫。

当时，我也在海淀图书城里淘了两件，一件写着“快让我在雪地上撒点野”我自己穿，一件送给了小宇，他的那件写的是“朋友请你过来帮帮，在你18岁的时候给你一个姑娘”。

小宇很喜欢这件T恤，但不敢穿，怕老师和家长骂他。我们这代人尊重师长的概念很深，也很在乎别人对自己的看法。现在孩子们也许不这么想，有一次我在路边的公交车站上看到穿着校服的一男一女中学生在接吻，走过一个老头上去跟他俩说：“小伙子，这样影响多不好呀！”两个孩子头也没回地给了一个字“滚！”，气得我真想上去给他们一记重拳。唉！看来还是老崔唱得对，“不是我不明白，这世界变化快呀！”

2

出于对这些音乐的迷恋，很快我开始学弹吉他。当时我们学校（北大二附中）比我高三届的学生朴树弹得很好（他后来唱一首歌叫《白桦林》），记得我经常看到他在北大图书馆门前的草坪弹琴唱歌，老跟他在一起唱歌的还有刘恩（后来的“麦田守望者”乐队的吉他手）。刘恩虽然是101中学的学生，但经常到北大二附中来玩，我们几个老碰到，所以当时混得很熟。

那时我们都喜欢崔健的歌，在草坪上唱的歌一水儿全是老崔的。从《一块红布》到《花房姑娘》，有时还要反复地唱。北大的学生特别喜欢《花房姑娘》，有的人唱着唱着就哭了。不管出于什么缘由，我想，老崔的歌词一定是把他们深深地打动了，其实老崔的很多歌词远远超越了他的音乐本身，这些歌词很准确地抓住了当时中国人的脉搏，唱出了他们想说却没有说出的话。“你问我要去向何方？我指着大海的方向”。这句歌词在我看来就是诗歌。中国80至90年代出国热风靡全国，当然北大也不例外，多少优秀学子上北大就是为了出国，可出去能干什么他们也不知道，还要饱受和家人恋人的分别之苦。所以老崔《花房姑娘》的后几句歌词唱出了他们心里的痛！

你要我留在这地方　你要我和他们一样
我看着你默默地说　不能这样
我想要回到老地方　我想走在老路上
这时我才知离不开你噢——姑娘

也许崔健写这歌时完全没有考虑过出国热的事情，只是一种情感的表白。但面对这个转身的大时代谁又能解释得清呢。老崔是我觉得中国第一个可以称为音乐家的摇滚人！

记得第一次见到他时，是在五道口的一个酒吧，那个酒吧经常搞地下音乐的演出，但碰到老崔还完全是出乎意料的，我当时走上前去问了他一个很傻的问题：“请问，你是崔健吗？”这简直是一句废话，可我当时实在不知道说什么好。崔健淡淡地回答：“是”，估计他也觉得我这问题傻得不能再傻了！

此后多年，我们经常见面，2002年他请我和诗人黑大春一起去丽江参加由他发起的首届雪山摇滚音乐节。我们应邀前往，当年丽江真的是很美！那时的古镇，还没有现在那么多商业化的酒吧和商店，完全原汁原味的民族风格。

刚到古镇时，我和黑大春打算四处转转，我们去听了一次纳西古乐，在这里，除了音乐是活化石外，还有一个非常著名的节目是去听一个叫宣科的人“讲演”。据说此人是纳西族最后一个贵族，有一个传教士的父亲，还有一个德国保姆，读原版《圣经》，学钢琴，学作曲，后来蒙冤入狱，一去就是二十余年，出来后搞了纳西古乐团全世界演出，在当地很有影响。

宣科此人口无遮拦，领导人的名字他张口就来，从不避讳。名人也是一个一个地灭，赵忠祥、赵薇、郝海东等各界名人是一一挖苦挤兑，从不口软。起初，我们也按捺自己，耐心地听他讲演，后来，他终于说到崔健了，“昨天有一个人来看我们演出，就坐在第一排，穿着破牛仔裤戴着帽子，说他是唱摇滚的崔健，要到雪山上搞什么摇滚音乐节，我说让他唱一首他就是不唱，到今天也不给我送张票子来！我可要警告大家呀，雪山上我们小时候常去，说话声音一大就会雪崩，你们要是去看摇滚可要小心呀！”

我们按捺不住地觉得他实在是一个无聊的人，原本一场崇敬的倾听最后不得不以愤然离场而告终。出来后我们碰到了崔健乐队的萨克斯手刘元和吉他手艾迪，他们也和我们一样在丽江四处寻找着“异族的新鲜感”，北京老乡见面格外高兴，我们互相拥抱，好不亲切！

3

2002年第一次在丽江举办音乐节，古镇里一下聚集大量摇滚乐手和歌迷。好多乐队已经迫不及待地在四方街上开始演上了，整个古镇好不热闹！

当时的骆驼酒吧，基本上是所有的乐队的根据地。他们在这里喝酒、唱歌，相约演出完去露营烧烤。我也经常在那里看到这次音乐节的主办人老崔。

在这里，我们还碰到了一个绝对狂热的摇滚歌迷陆勇，他竟开着一辆军用卡车从河南一路来到丽江。路上拉了很多来看演出的歌迷，出发时仅有他一个人，到了丽江已经是满满一卡车人了。他们赤裸上身挥动旗子一路高歌猛进，气势磅礴地开向雪山。回想起来，这一路，可真是道壮观的风景。

到了演出的日子，我们刚上山时下起了大雨，我和黑大春在后台碰到了崔健，黑大春送给了老崔他刚写的新诗。老崔对我们说这几天太忙没有照顾好这些来自北京的哥们儿，与我们逐一拥抱后干了一杯二锅头以示歉意。然后老崔慢慢地朝舞台走去，从他远去的背影中你能感到他的坚强。其实我们都知道他为了此次活动承受了来自各方很大压力，尤其是听说韩国的一家音响公司临时撤出了音乐节，对老崔而言可说是釜底抽薪。还有宣科等辈指责，但老崔扛住了，他面对着雪山，在雨中倔强地拉开了阵势，所幸演出开始时雨过天晴了，一条长长的彩虹横过雪山的天空。这是我见过的最长也是最美丽的彩虹！

雪山上积雪很厚，山上气温很低，很多歌迷和粉丝们找当地的居民租借了棉大衣，毅然守在台下。在这场演出中，北京的摇滚乐队悉数登场，纳西族兄弟姐妹们个个载歌载舞，好不欢畅！

老崔穿着纳西族的民族服装和一位老奶奶合唱了一首纳西民歌，然后他演唱了他的新歌《超越那一天》。这首歌没有例外地博得了满堂彩，他的音乐始终不乏追捧。

我想，大家之所以坚定地支持着他，是因为他为人正直，没有被这个时代所同化。他始终坚持着他认为值得坚持的东西，保持着一种单纯平静的心态，他的音乐是要唤醒大家对社会的认知和关怀！从不会为了满足市场的需要而改变自己的追求，也从未依附于哪种势力！他一直很努力地做音乐！

记得在北京时，有次看完他在CD咖啡的演出，老崔很高兴，对我们说："走吧！我们去粥店吃夜宵。"那天晚上我们聊了很多，我们探讨了一直困扰我的写歌词的方法，他特别强调说："要注意字的语调，在说唱部分时，尾音一般要用四声比较好，这样感觉会有力量，而一声和二声一般用在副歌部分。"这些专业的指点让我受益匪浅，也让老崔在我心里的形象更生动真实。当时他很支持"树村"的地下摇滚势力，觉得他们不易。但也抨击了那些留着黄毛的"伪摇滚"们，他认为摇滚不在形式而是要看内容。在这一点上我们的观点十分一致！后来，我们还聊起了足球，他说他不太同意米卢所说的"快乐足球"，他认为只有下了苦功夫才能踢好球。中国足球就是不够吃苦……那真是一个无话不谈、酣畅淋漓的夜晚。

当夜晚过去，白天，我们依然像准备随时面对战争一样武装起自己，因为现实始终不能让你随时可以把酒言欢。现在崔健越来越尖锐了，社会亦是越来越浮躁。我们每天都在向着各种势力低头、妥协，以求达到自我的目的。就像他唱的那样"是不是我越软柔，就越像你的情人儿"。

4

到现在我也没告诉老崔，我曾穿过印有他歌名的文化衫，尽管现在已经找不到那件文化衫了。而我和小宇也长久没有联络了。

中学时的女孩宁宁其实对小宇没有太多想法，但对一个情窦初开的少女来说，有人示爱总是件难以取舍的事。宁宁的这种忽远忽近的态度可苦了小宇，使他深深地陷入恋爱的漩涡中，进退两难，不能自拔。我想帮小宇，但又无能为力。而现在的我却很羡慕当时的小宇，随着年龄的增长我们是多想好好地、投入地再恋爱一次！就算没有结果，哪怕遍体鳞伤，也想再爱一次！现在的我们为了各种目的丧失了爱的能力，很是可悲！

1991年的小宇享受着失恋给他带来的痛苦，同时也享受着幸福！

多年后，我在网上找到了小宇。他不但结了婚还有了一个很可爱的女儿。一家人的照片无比的幸福！小宇给我留言问我这些年过得好吗？结婚了没有。我给他回了信，问他，"18岁那年送你的T恤还有吗！"

你什么时候需要我

2000年夏天，某天下午。

强子和我约好在北京站过街天桥下见面，他今天回老家。强子是我以前乐队的贝斯手，山东人，号称曾是山东鲁能俱乐部后卫球员，虽然我从未见过他踢球。

因为爱上摇滚乐，他来到了北京，并住进了当时著名的“圆明园画家村”。经过哥们儿老顶介绍我们认识，后来一起组了乐队。那是1995年夏天的事。

强子站在桥下，跟北京站广场上大多数人一样，神色匆忙，没有表情。

“你的琴怎么不带上呀。”我说。

“我把琴给卖了，要不哪有钱买车票？谁像你呀，北京小地主。”强子略带调侃地说。他习惯性地叫我“小地主”，因为他觉得我和他们不同，我是北京人，从小就生活在这里，有属于自己的房子。

想起来，其实我跟强子已经很久没见了，他行踪诡秘，有时完全不知去向，只有在遇到难处时才会出现。

有次他一大早来找我，让我帮他搬家，说是要从他女友家中搬走，态度强硬，而且不解释。到了他女友家我才明白，原来是本该他睡的地方睡了另一个男人。于是，我们只能在我家附近租了一间小平房，整个屋子小得只能放下一张单人床。其实强子没有什么家当，我们一起搬进来的不过是他唯一的一个音箱和一把贝斯。

那天，当他把钥匙重重地摔在海淀图书城的马路上时，我看到他哭了。我默默地看着他，不知道他是对自己的处境感到伤心，还是又想起了他那冷漠的女友龙宽。

“哥们儿，我该走了，抱一下吧。”强子打断我的回忆。

“你保重吧！早点回来！”虽然我心里有点难过，却还是笑着跟他拥抱了。

强子走了，直到今天，我们再也没有见过面。

我想，也许我不只是为了强子难过，也是为我自己难过。我们都是热爱音乐的人，但我们当时都感觉音乐并不热爱我们！就像电影里说的“哥们儿是来北京玩儿音乐的！结果被音乐给玩儿了！”

强子的摇滚生活过去了。他很不舍，但还是过去了！不知道下一个轮到谁……

1

送完强子，鼓手李嘉虹给我打来电话让我赶紧去广安门排练场排练。

说明晚我们的目光乐队要在农展馆cd咖啡演出。

目光乐队是我当时的乐队，我是主唱兼吉他手，其他三位是贝斯手李祖、鼓手李嘉虹（兼队长）、键盘手王鹏（兼木推瓜乐队键盘手）。

我们的大部分演出都在崔健乐队的萨克斯手刘元所经营的cd咖啡酒吧。崔健本人也经常过来演出，在这里，大家都亲切地称他老崔。

我们乐队当时曲目不多，经常跟其他乐队拼着演出，说实话当时来看演出的人很少，大多是乐队的摇属（摇滚乐队家属）和一些朋友，所以这种演出大家也就叫作Party。

对于很多新乐手来说，这种演出的表演性并不强，通常，大家也就自嘲是换个地方排练罢了。

即使这样，你也必须要去演，因为这里是cd咖啡——当时的地下摇滚圣地！

当然，如果运气好的话，你也可以戏到坚果（漂亮姑娘）呵呵。

当时乐队贝斯手李祖买了新车，哥儿几个很高兴。终于不用背着设备挤公交了。

夏日里的天空骤然下起雨，哥儿几个坐在车里，于北京胡同中穿行。音箱里大声放着Red Hot Chili Peppers（红辣椒乐队）。和着雨声，这一刻我们突然觉得自己有点摇滚大腕的感觉了！

当时排练是件很艰苦的事，大家一起挤进没有空调的所谓排练室里，狭小的屋子为了隔音还要挂上棉被。当音乐响起时，我们就像四个精神病患者，玩命甩动着身体，好像要把所有的所有全部甩掉！也许只有这样才能感觉到自己存在在音乐里。

2

今天，我是一个被批判者！因为当时我们排练得最好的一首歌，过了很久，依然没有名字，而且我还没有写完副歌的歌词。李嘉虹郑重其事地对大家说明天的演出不是Party，而是一场真正的演出。不仅会有好几只乐队参加，而且还会有很多家媒体到场，主办人是老崔，目光乐队被安排在第一个出演。仓促中，大家决定让我马上回家写歌词并给这首歌定名字。

明天首演，今晚必须写完！

雨还没有停，我独自回家。路上接到大学同学电话，他已经顺利当上了法官。电话里问我最近在干吗，为何不跟同学们联系。

我默然，无语。

这时又想起了强子。我突然有种强烈的要离开这个城市的感觉。

我想离开这个城市！离开乐队！离开摇滚乐！离开这些朋友！离开一切该离开的东西！离开一切不该离开的东西！

晚上10点李嘉虹给我打来电话问我歌词写完了吗？我说写完了，明天可以演了。

他问我歌名是什么，我告诉他“你呀！什么时候需要我！”

摇滚“半仙”

我总认为出生于70年代的人是生活在一个充满着各种声音的时代，训斥、音乐、叫嚣等等。我们是看到了这个社会演变得最快的一代，并参与其中，试图用自己单薄的力量去改变什么。就算徒劳无功，也觉得充满存在感。所以在没有演出的时候，我们也不忘扎堆儿琢磨各种不靠谱的玩法。

2006年，我就迷上了《易经》，觉得这是一本能解开人类秘密的神书。开始整天在家里足不出户，潜心研究。后经高人指点，总算是略晓得一二了。在万分兴奋之后，我决定一展身手！说也凑巧，几次小试牛刀，竟都一一得手。自此，信心百倍，得意满满，随时准备出手拯救那些信仰缺失的文艺青年。

话说公元2006～2008年间，演出渐渐没那么频繁，很多玩乐队的人都越来越闲，我和发小关伟（现任木马乐队吉他手）、赵欣（关伟爱妻，人称摇滚夫妻）、影棣（过去我们乐队的吉他手）组成“四人小团体”天天形影不离，整日吃喝打混，好不快活！

1

一天，我们终于发现一个绝妙去处，名为“波楼”，从此夜夜厮守在那里，过起了纸醉金迷的泡吧生活！波楼位于钟鼓楼下面一隐蔽的院落里，不经熟人指引很难找到，老板老王是个纯正的北京“玩家”，钓鱼、台球、远游、收集稀奇“玩意儿”都是其嗜好之一。老王波球（桌上足球的学名）打得好，故酒吧取名为波楼。波球很有些难度，刚打时根本没劲，一旦上瘾，终身难戒！我们“四人小团体”是深受其害，不能自拔。每晚必要去厮杀一番才算过瘾。

当时活跃于“波球”运动的人不算少数，老外、摇滚乐手、电影导演、文艺青年都想一显球技，可都纷纷被我们斩落马下。后来由老王为首建立波楼势力，主要成员有：老王、我、关伟、赵欣、影棣、胡松（夜叉乐队主唱）、张杨（电影导演）、冯勃、毛毛（时任“自游”乐队鼓手）等，专对付各种不服来挑衅的打球者。

某日，与赵欣闲聊，说起现在的演出和音乐人，逐渐开始愤慨这个商业社会，我们一边祈祷命运的眷顾，一边诅咒各种不公的制度，大家愈说愈来劲，对自己未卜的前途都充满了激情，终于，我说到正在研究《易经》的事。

赵欣大惊，一定要我给她预测，试试我是否灵验。于是第二日，“四人小团体”来到我家当场考试。我用的是传统的摇卦方法，三枚铜钱扣在手中摇动后随意散在地上，根据正反及方位画出图来，由此反复六次方可成卦。赵欣略带疑惑地闭眼摇卦，成卦后用好奇不解的眼神看我画图，急不可待地问：“怎样？”当时她摇出的卦实在给我难住了，《易经》书里的六十四卦中并没有此卦。我一时也有点疑惑！难道是摇得方法不对吗？可也没有问题呀！想来想去没有个解释。“怎么样呀，卦上说什么呀？”赵欣又在催问。这真是给我出了难题，当时急中生智反问了她一句：“你这卦不是活人的卦呀！”这可不要紧，我这随口一问，顿时使他们目瞪口呆，哑口无言！原来又一次让我猜中了。

虽然把四人小团体给蒙混过去了，但这一试也催眠了我自己，让我感觉这《周易》果然神奇，并且确实具有未卜先知的功能。从前我对信仰这个东西一直嗤之以鼻，觉得唯有音乐才具有撼动人心的力量，但现在我发现这个社会上需要占卜命运的人，远远多过需要音乐的人，而我自己，也会时不时给自己卜一卦。

有一次，我给自己算了一卦，想预知下午会有什么事情发生，结果卦中所释“是上级与下级的会面，有小的不得意之事发生，却无大碍”。看了此卦，我心中不乐，觉得这卦肯定不准，随后准备做饭。哪知刚到厨房就接到老板电话，让我下午去公司谈事，说也巧了，我昨日刚跟老板联系过，他说最近太忙恐没有时间见面了，可今日又打来电话叫我过去。我穿上衣服便向公司奔去。一到公司老板就对我说，本来有个演出结果临时取消了，让我随后再等他消息。回家路上我突想起此卦，顿觉不可思议。这不正跟卦上所释一样吗，老板是我上级，他叫我过去不就是上下级的见面吗，演出泡汤，不就是卦上说的“小有不得意之事”吗。难道，我已然成为传说中的“半仙儿”吗？我真不知是喜是悲。

晚上去找一哥们儿吃饭，我迫不及待地说起此事，他却认为我在给他讲鬼故事，马上给我讲一个他一个哥们儿亲身经历的事，他说：“他有个哥们儿刚当上法医，第一次跟着他师傅到停尸房去解剖尸体，当他打开白布时发现躺在停尸床上的是一位非常漂亮的女尸，这哥们儿起初是一惊！惊叹，如此美女竟遭不测，实是可惜！之后就目不转睛地看，不知不觉发现自己爱上了这个女尸，完全忘掉看师傅的解剖方法。师傅见他眼色不对，叫他出去歇会儿，不要在这里看了，他随后走出停尸房在路边抽烟，脑子里却还在回想女尸的模样，突然他猛一抬头，发现对面飘过来一个女子，与女尸长得一模一样，见到他就问：尸体检查结果出来了吗？这一问把他吓个半死，瘫软在地上，后来才知道这是那个女尸的双胞胎妹妹。”讲完，哥们儿丝毫不顾我已经不满的脸色，还反复追问我：“逗不逗！逗不逗？”

我心说，这都什么乱七八糟的呀。我算是明白了什么叫话不投机半句多。看来《易经》在有些人眼里不过跟《聊斋》差不多！真是秀才遇见兵，有理说不清！

2

虽说有人不在意，但其实当时我还是有一些粉丝的。

自从上次给赵欣算过以后，我在“波楼”小有名气。影棣干脆直接地称我为“摇滚半仙”。自此，除了波球运动外，“波楼”又开辟了一个新的项目，就是让我算命。认识的不认识的都来找我算，虽说有点反感，但看到他们对我虔诚的眼神，还是倍感得意，就一一答应了。

有一天，谢强（木马乐队主唱）买了本《易经》来让我给他算上一卦。

我问他：“算什么呢？”

他说：“先算算我们明天演出会不会成功，再算算我明天演出弹什么颜色的吉他。”

我心里想这也要“半仙”来算，也太不拿半仙当回事儿了。

就跟他说：“不用算了，明天你们演出一定成功。”因为我看过他们的演出，早知道他们乐队排练得很不错。至于拿什么颜色的吉他吗，两个字：“随便！”。

说完，谢强有些闷闷不乐，但更闷闷不乐的是我自己。这并不是因为刚刚说他太不拿半仙当回事儿，而是，我开始反思，难道说现在已经到了音乐本身也和我们这些前途未卜的人一样需要“半仙”了吗？还是说，做音乐的这些人也不知道现在该相信些什么？

后来，我也没有去看木马乐队的现场演出，依旧窝在“波楼”，帮来这里的这些迷茫的人儿充当先知。我们越来越闲，找我的人也越来越多，无论慕名或偶遇，我都来者不拒。俨然已经把自己当作一名真正的“半仙”了，而当初影棣嘴里的“摇滚”二字，也不知道遗失在哪一卦里了。

一次，一个女孩让我给她算一卦。她来找我时是一副非常为难的样子，我猜想她定是有什么大事。

“我能单独跟你谈吗？”她看了看她男朋友说。

我转头看看了看他男友说：“可以吗？”他男友却一副无所谓的样子说：“你们聊吧，我去打球。”

女孩坐到我旁边小声跟我说：“我为这事已经纠结了一周了，真不知道怎么办才好。”

我看了看她的样子，认为一定是感情问题，对她说：“这有什么的，早说早了。”

她很诚恳地点着头对我说：“我也是这么觉得的，可我还是下不了决心。”

我说：“感情的事嘛，总是不要拖。你是要跟你男友分手吗？

是他出轨了还是你出轨了，这个就不用算了吧。”此时，我俨然从“半仙”变成一个“情感咨询师”。

女孩愣住了，边拼命摇头边对我说：“不是的，不是的，我不是要跟他分手。我是想让你给我算算我该不该报名参加英语培训班！”

我听她说完，哑口无言了！他们是真把我当成江湖算卦的了。

看来这个‘半仙’也不怎么好当！

3

经过跟这些牛鬼蛇神、形形色色的人接触，我突然想要安静下来真正思考一下自我。

我看了《圣经》，也看了佛教的一些书，感悟颇多！我觉得《圣经》是一本很有意思的书。《圣经》，是源于西方文明基督教文化与精神的源泉之一，用亚当夏娃的寓言来启示人类自己的来源。亚当夏娃本来是没有任何概念地生活在大自然中间，可是一不小心，偷吃了智慧果“眼睛明亮了”，这一明亮，就是人类小我的起源。

他们最初的感觉就是羞愧心，那一刻的羞愧，就是，我怎么把自己和上帝分开了呢？我不应该！但那时候，他们还单纯，还能听到上帝的声音，听到上帝的声音就害怕。所以，这种想法把他们逐出了伊甸园——和谐的、自然的并非上帝，而是人类自己的羞愧和害怕使他们越来越远离了上帝，而他们的本性并没有离开。于是，借着对上帝的相信，人又可以和上帝融为一体。这种融，只是人类自己的感觉融了，其实本来就没有分开过，自古以来基督教就是在做着这样一件事情，在与宇宙本源相融合。

佛教里也说到过这个问题，《金刚经》上说：“众生者，如来说非众生，是名众生。”意思是说众生自己认为自己是众生，把自己叫成了众生，其实哪有众生与如来之分。佛祖释迦牟尼觉醒后，把他觉醒的经验传授给人类，让大众能够知道，每个生命都平等，都是如来。只是我们被那一念搞糊涂了，看不到事情的本来面目了。

由此可见，我们不用挖空心思预知我们的未来和探测别人的秘密。就像佛教里说的‘你中有我，我中有你，你就是我，我就是你’。我们总是迷惑，总以为自己是孤立的，与别人及这个现象界的一切都是对立的，而当你醒来了，你就会知道我们其实从未分开。

2008年后，我没有再去过“波楼”，不知道他们现在都做些什么！是不是有了新的游戏，也不知道他们是否还会记得我这个曾经的“摇滚半仙”。

摇滚，摇到猪圈里！

1

1993年暑假，我特别想弹吉他。

找了个机会去超载乐队主唱高旗家玩，提出让他帮我找个吉他老师。

他没有思考就说："你就跟亮子学吧，他弹的可是中国一流！"那时我只知道唐朝乐队的吉他手"老五"（刘义军）弹得好。对李延亮这个名字很是陌生，心里还有些忐忑。随后高旗给李延亮打了电话，说好让我去他家里学琴。

一天下午，我从三里屯骑车去他的暂住地垂杨柳找他，他在塞满CD和卡带的屋子里接见了我，尽管当时我只是个瘦削的少年，但从我们四目相对的那一刻起，我的摇滚生活也就开始了。

他当时刚来北京不久，住在一个跳现代舞的朋友家里。教过我什么我现在已记不清了，只是记得他说家里的CD他都扒过（当时把从CD里的音乐弹下来叫"扒带"）叫我任意选一首歌他都可以弹。我还真的找了一张CD里的一首蹩脚的歌让他弹，没想到他真的能一音不差地弹下来，而且还是如此的娴熟。当时真让我是敬佩不已！李延亮弹琴的时候和平时简直就是判若两人。他平时有说有笑，随和幽默。但一拿起吉他来就变得严肃、认真，不苟言笑了。看得出来，他把吉他看得无比神圣！

高中的后几年，我搬到位于劲松我表姐家的空房子里独住。家人有些不放心，但我心里却很是高兴。一是可以不受家人管束，二是离亮子更近了。那段时间，我几乎每天放学都要先到他家去练琴，很晚才回家。那时他不但教会了我很多吉他上的知识，还告诉我他对音乐和人生的理解。闲暇时，他也给我讲他以前在部队的故事，还有当时摇滚圈里的一些不为人所知的趣闻。我们天天有说有笑，谈天说地，无比开心！也就是在那段时间里，我的吉他技术突飞猛进！听得音乐也更丰富了。他还常对我说“一个好的音乐人，不能只是拷贝别人的作品。一定要有自己的创作！”也就是在他的鼓励下，我开始尝试写歌了。

2

转眼几年过去了，我从一个高中生变成了一个大学生。个子长高了，头发也留长了。从当初那个单纯傻气的小孩，转变成一个“真正的”摇滚青年了。这期间李延亮所在的“超载”乐队名气越来越大，他的演出也多了起来。我们常通话，但因为离得太远，见面机会也就少了很多。一个夏天的中午，我接到亮子的电话：“哥们儿，我搬到长春街了。是不是离你挺近的呀？”

“是吗，你搬到这边了。离我不算远呀。啥时搬的？”我有点惊讶地说。

“搬了有几天了，你今天没事过来玩吧。”他说。

“好呀，我一会儿就到。”我一边放下电话一边急忙地出发了。

这次亮子搬的新家位于长春街鲍家街胡同里，也就是中央音乐学院后面。当时汪峰以这条街的名字组建了他的“鲍家街43号”乐队。亮子住在一个很大的四合院里，环境很优雅也很安静。因为怕我找不到，他早早就站在街口等我。他那时梳着长长的辫子，一身黑衣，很有摇滚明星的感觉。呵呵！“你来得还挺快。”他还是那样面带微笑地说。

“是呀，我放下电话就来了，你搬到这，离我近了。真不错！”我高兴地说。

我们一边寒暄一边走进他的新家。他房间很大，四面都有玻璃。这回屋里除了他的CD外，还多一些他女友画的画，感觉很有艺术氛围。

“这地不错呀！比垂杨柳强多了。”我说。

“是呀，就是不能太吵。院里住得全是老头老太太。哈哈哈哈！”他略带调侃地说。

我们各自坐下，香烟点上，开聊！这是我们一贯的开场作风。当然，还有一件东西不能少，那就是吉他！当时我们都是琴不离手，感觉双手不拨弄几下琴弦就少了点什么似的。亮子的技术又提高了很多，他弹的东西也更丰富多彩了。在那个时期，亮子跟我聊的已不再是单纯的吉他演奏了。更多的是他对音乐整体上的理解和分析。我感觉他已开始从一个吉他手向着更全面的音乐家转变了。这让我很惊讶！也很为他高兴。

我们聊得正欢时，他的朋友，歌手马条来了。这是我第一次见到马条，当时他也是梳着长长的辫子，样子很英俊。

后来我们经常在“猜火车”酒吧碰到，他也是现在很火的一位民谣歌手。

“这是我哥们儿，马条。这是郝为。”李延亮给我们相互介绍着。

“你好，郝为。”马条很谦和地说。

简单问候过后我们三个聊了起来，李延亮说马条写的歌很好听，叫我有机会听听他的作品。马条在一旁默默地傻笑着，感觉很是满足。呵呵！

我们聊得很开心，不知不觉已到深夜。记得后来因为我们琴声太大，还招来了警察。想想还是真挺有意思。

又过了几天，亮子给我打来电话：“郝为，我觉得你该有个乐队了。这样对你的音乐会有帮助的，我给你物色一个鼓手，他叫蒋寅，你可以跟他联系一下。”我听后很是感动，当天我给蒋寅打了电话约好第二天见面。

3

想想也奇怪，我那时的记忆全是夏天，好像冬天完全不存在一样。

那时的人和事也全是温暖的，每个人的笑容都是无比灿烂！蒋寅的笑容就这样。我跟他一见如故，聊了没两句就决定一起死磕乐队，不久我俩开始排练了。排练的地方在酒仙桥附近的平房里，当时那边还没有女人街和露天电影院，都是一片平房。很多乐队在那里排练，我们和另一帮人一起共用一个排练室。大家都奇怪为什么我们乐队就两个人，还要天天排。其实我们也发现了这个问题，两个人算不上真正的乐队，必须要加一个贝斯手，但当时北京很缺贝司手，不是水平太差就是一人兼数支乐队根本排不开。

有一次我们去看一个演出，当天演出的好几支乐队共用一个贝司手，结果那贝司把歌曲记混了乱弹一气，搞得大家哭笑不得。几经周折，我认识了贝司手童永强，圈里都管他叫老顶。他当时还有个特点就是演出时戴个很大的耳环，显得他格外显眼。老顶当时弹得不错而且是当时“北极星乐队”的贝司手，“北极星乐队”出过几张摇滚合集，在圈里可以说小有名气。在这乐队准备出专辑的时候老顶因为一些事情，离开了乐队。

第一次见老顶时感觉很不好，觉得这个人完全心不在焉，不着五六。他住在香山脚下的农业研究所里，我和他们乐队以前的鼓手石影一起去找他。他晃晃悠悠地走出院来，完全没有跟我们打招呼，上来就说：“跟我走吧。”

我们只得默默跟着他，进屋后，他对我们说：“你们吃雪人吗？”

没等我们回答，他又自顾自地说道：“哎呀，可惜我家就一个雪人了。”随后就自己开吃了。

我给了石影一个眼色，意思是说，我们走吧，这人不着调。石影摇了摇头也还我一个眼色，意思是，他这人就这样，不要介意。石影的这个眼神我记住了，后来我也曾多次给刚认识老顶的人以这种眼神。

我们没聊多久，我把当时我录的小样给他，说好过几天给他打电话再约排练的时间和地点。老顶点了点头，继续吃他的雪人，我和石影就转身走了。

一周后蒋寅告诉我，我们现在的排练场地不能排了，必须找新的地方。我问他怎么办，他说他已经找好了一个地方就是条件差点，问我能不能吃苦。我说没问题，只要能排练那都成。他说那就好，让我约老顶明天大家一起和排一下。晚上我给老顶打了电话约他明天排练，他回答了一个字‘好’，就把电话挂了。

这次蒋寅找的地方不再是城市里的平房了，而是清河农村里的一个猪圈。我们的排练屋子是猪圈隔出来的一半。看到此情此景，老顶都傻了！我的心也凉了！摇滚摇到猪圈里。还真是绝无仅有的事！没办法，还得排呀，我们打开音箱支上鼓开始排练。可这不要紧，圈里的猪不干了，我们唱一句，猪就叫一声。有时叫的声音比我们的声音还大！无奈之下，我们只能放大音量，可猪也放大了叫声，就这样一场人猪大比歌在清河的农村上演着！老顶第一个扛不住了。

“我说，不要排了！我们休息一会儿吧。”他说。我们放下乐器坐在地上抽烟，谁也不说话。烟味夹杂着猪粪味弥漫了整个屋子，这种新形成的味道使本就不吸烟的老顶憋不住开始发言了：“我觉得，今天不要排了。这根本不叫排练！你们的歌也太难听了，根本没旋律，我先回去了。”这就是我们第一次的和排，以失败告终。

第二天下午，我去找了李延亮，跟他讲了排练的事。他听后安慰我不要太在意这些，并在他家用四轨机（当时很专业的录音设备）把我的歌重新编了曲。歌里的所有乐器包括鼓都是他演奏的，并让我在他家重新录了唱，把他觉得不好的地方改了。经他改过的歌，已经完全不一样了，不但音乐完整而且有了旋律。我的信心也开始恢复了。我们录完后，歌手朴树来了。我跟朴树早就认识，因为我们都是北大子弟，所以是一个中学的同学，他比我大三届。他找亮子也是让他帮助编曲，朴树当时正在做他的第一张专辑《我去2000年》。

“你们认识呀？”李延亮有点惊讶地说。“是呀，我们以前一个中学的。呵呵。”朴树说。

我问朴树专辑怎样了？他说录的不顺利，想让亮子帮他改改编曲。当天晚上他唱了几首他写的歌，我记得有一首我比较喜欢，名字叫《那些花儿》。他唱这个歌时候，老让我想起我和朴树还有其他朋友经常去弹琴唱歌的北大图书馆门前的那块草坪。我走时，亮子把我送到门口，并叮嘱我好好排练。我点头答应了！

老顶听说亮子给我重新编的歌之后马上骑车来我家找我，问我是谁弹得贝斯，我说是李延亮弹的。他说怪不得自己弹不下来呢，连连称赞亮子水平高，并当场决定跟我好好做乐队。后来我们三个组成了一个“后朋克风格的乐队”我们乐队的名字叫“The Why”乐队。老顶问我为什么叫这个名字？我说因为不知道为什么所以叫“The Why”（中文为什么）。这一年我的摇滚生活正式开始了。这一年我20岁，蒋寅23岁，老顶26岁。

4

大学放寒假的时候，我开始去各个大学开吉他班教吉他挣点闲钱。因为得到了李延亮的真传所以很快就把其他吉他班的老师挤走了。亮子说我的琴质量太差，影响我的技术提高，带我去琉璃厂通利琴行买了把电吉他，后来他搬家时，又送了我一把“雅马哈”的木吉他。有了好琴我的学生更多了，也开始在家里授小课了。

有一次，父亲的学生来我家，进门说要找郝老师，我还以为是找我爸。就说：“郝老师不在家，你改天再来吧。”他说：“我就是找你呀，郝老师。”我一时没反应过来，后来知道他是找我学琴的。我问他为什么要学琴？他无比激情地说：“吉他是爱情的冲锋枪，我要以此向我们班的女生扫射！”我一边关门一边跟他说：“你去扫射吧！我这里没有冲锋枪！”

我后来收了一个学生，他家境贫寒，父亲卖了摩托车给他买了把电吉他。他很热爱音乐，托人找我来学琴。我收了他，他问我要多少学费？我说不用了。只要对吉他是真的热爱的人我就不收学费，因为亮子也从来没有收过我的学费。

这个记忆是在冬天了，记得快到春节的时候亮子给我打了个电话，说他要回家过年了，年前大家见一面吃顿饺子。那天晚上我到他家时他还没回来，我实在饿得发慌，独自去他家楼下要了十串羊肉串来充饥。新疆人烤的羊肉串就是地道，一个小摊被挤得严严实实。我好不容易抢出十串来，吃完还想吃，却根本挤不进去了。亮子回来了，他当时在棚里给一个歌手录专辑，为了赶在年前录完，一天录完了十首歌很是辛苦。“我们今天去我一个战友家吃饺子，他妈妈和弟弟来了，叫我过去。”亮子说。“好吧，我正饿着呢。呵呵！”我说。当我们路过羊肉串小摊时，两个新疆人已经把羊肉串卖得精光准备收摊了。这时我突然想起，刚才因为人太多我忘记了给钱。亮子看我表情怪异，问我怎么了？我说：“刚吃羊肉串忘给钱了，现在给吧，又怕不太好。”他笑着对我说：“你呀，以后别干这事。这样，你躲在我身后走过去，他们看不到！哈哈哈。”于是，我就这样躲过顺利跑了回单。

当晚的饺子非常好吃，也许是因为思乡的原因。他们都喝得有点高，我们互相搀扶地往回走时，亮子跟我说了很多话，我也跟他说了很多话。我记得我跟他分手时候说；“亮子，你以后肯定是——中国第一把吉他！”他对我笑了笑，挥手告别了。

我没想到这一别，竟是差不多十年。他后来名气越来越大，真的成为中国第一把吉他。我在电视上经常看到他的演出，2010年，王菲也邀请了亮子为她的复出演唱会演奏吉他。使我更高兴的是亮子出了自己的音乐专辑。音乐也越来越国际化了，真为亮子高兴！

但要说我最欣赏他的并不是这些，我觉得他精神上的东西远远超越了他的音乐！他对人的真诚和单纯，对待生活的坚强和永远乐观的精神是最让我感动的！

5

老顶现在当上了导游，他每次下团都要来我家看我。我们一起弹琴、唱歌，聊聊以前的人和事。弹着琴的老顶有时让我有种恍然的感觉，仿佛他还是从前那个沉醉在旋律中的26岁的青年。

我每次录了新歌都会给他听，让他给点意见。他告诉我他最喜欢我的《像一道光》这首歌。他觉得这歌旋律很好，会被大众传唱。他每次说到旋律时总是爱带上一句："你以前写的歌太难听了！哈哈。"我听了并不生气，因为每当他这么说，都会让我想起这一路走来的艰辛，想起亮子。

2011年春，我去看了我的偶像"鲍勃迪伦"的北京演唱会。我很感动！

更让我感动的是，我和亮子又碰面了！

中关村大街上的情种们

1

我用了小说家庞亮的书名作为标题，首先是因为庞亮是我比较喜欢的一个小说家，其次，我觉得这句话其实也是在说我们自己。

庞亮高个，留着两撇小胡子。印象中，他随处挥洒的幽默风趣、各种笑话配上那谦和亲切的表情，总能让人笑声不断！我们初次相见便互有亲切感，因为我们都生活和成长于中关村大街，有相似的回忆和伤痛。对我们来说，中关村大街如一条生命的河流，童年、少年所有的青春年华如难以觉察的浪花，瞬间被风吹散。

过去的中关村大街和现在不同，不是一个充斥着IT民工的地方。那时的路面很清静、树木也茂密，走在这里的都是大学里的青年学生。有俊俏的姑娘，她们的眼睛还没充满物欲；有充满书卷气的爷们儿，那时他们也是真的纯爷们儿。

庞亮就时常把这里当作他发现之旅的起点，有时他会去图书城淘些小人书，有时什么也不干，就倒背着双手、在路旁一行行高大杨树的浓荫里溜溜达达。

他淘来的小人书足足藏满了两个柜子，这是他多年来最为痴迷的事，望着这些价格不菲的宝贝，他常常两眼放光。他也曾痴迷鬼故事。在他看来，鬼的世界是奇妙的，魑魅魍魉们生存于另一个我们不了解的空间。在现实乏味枯燥的钢筋水泥的社会中，神秘和浪漫主义色彩的东西，都是他所喜爱的。

我们第一次见面是在他送我回家的出租车上，那时北京的出租车还是一水儿的像一只黄色大面包似的车。

他在车上给我讲了一个故事："话说古时候，王府里一个小玉匠和一个小绣女，在一个大火的夜里悄悄私奔，跑到外地生活。后来还接来了绣女的爹娘，一家四口和和美美地活着……突然有一天，小玉匠发现，妻子和岳父岳母都是鬼魂……"这故事我依然记忆犹新，是《警世通言》里的《崔待诏生死冤家》说一个女鬼不屈服权贵的故事。

从那以后，我也开始对鬼产生了兴趣，并在内心珍藏了许许多多关于鬼的美好的故事。举个例子，日本岩井俊二的作品《鬼汤》就是一个能够温暖人心的鬼故事。讲的是在城市里，游荡着一群善良的年轻男女精灵，每年平安夜要熬鬼汤，让因车祸疾病等而死去的鬼魂们喝一碗，踏上通往天堂之路。而这些快乐的精灵却甘愿留在人间游荡，等待下一个平安夜，让不断出现的悲苦的亡灵脱离苦海。

2000年，我和庞亮、老贺在北大未名湖畔合开了一个名为"馋的不行"的饭馆，这名字是庞亮起的，找了一个五岁小孩子写的牌匾。因小孩年龄太小把"得"错写成了"的"。事后我们发现时，干脆将错就错了！也许还会带来好运也不一定。果不其然，开业当天下午就来了一帮北大学生，他们起初不是来吃饭的，而是来声讨我们的。其中一位走到我们面前对我们说："你们这字写错了！在北大开饭店怎么一点没有文化呢？"我们听后一齐仰头大笑，边招呼他们进来边给他们解释。从此，'馋的不行'的错别名字在北大流传开来，很多学生都是慕字而来！庞亮还特意起了一些跟北大相关的菜名，最有名的是'北大牛哄哄'其实就是一大碗加了卤蛋的牛肉粉。但因名字新奇，引来不少师生前来品尝。我记得当时北大知名教授来的很多，如经济学专家林毅夫、生物学教授陈章良还有我们尊敬的文学家及语言学大师季羡林都是我们小店的常客。

也就是在我们一起开饭馆的时期，庞亮开始在创作他的短篇小说集

《中关村大街上的情种》了。我很早就看过《驴肚子里的迷幻乐队》和《我们都在槐树下长大》这两篇，很喜欢，不但情节吸引人，而且很多小说中的场景都是我经常出没的地方。但庞亮是位非主流作家，他的作品或许注定要沉没于这个时代的海洋里。

《我们都在槐树下长大》中描述了两个精神病男女的恋爱，他们互相都很爱对方，却从来没有见过面，只是通过电话在传情。而他们之间的通话根本算不上是交谈，完全是自言自语。他们都活在自己的世界里，他们在自己的世界里想象了一个爱人，他们互相深爱着这个想象中的爱人，唯一真实的就是他们每天给对方拨的电话。末了他们两个人突然要走出梦境进入现实，他们相约要在现实中见面，出发前，他们用他们自己的审美打扮着自己，但他们见面后会是怎样呢？会不会失望呢？小说的结尾给了我们一个出奇答案。我觉得很是精彩。

在那个年代，爱情和现在也不同，就连小说中的爱情也充满了那个年代的气息，一对最底层的男女，都有真心和信念，其实庞亮早在90年代就出版过两部长篇小说《病兽》和《洞房》。可惜的是这两部书我都没有看过。每每有人提到此书时，庞亮总是露出诡异坏笑，到现在我也不知这是何故。听说这两篇小说跟他以前的生活有关，他以前曾痴迷于赌博，常出去帮人家打牌，后来金盆洗手开始写作了。我这只是道听途说，从来没有跟庞亮证实过此事，也没有见过他打牌。当时我们在一起除了聊聊文学，就是一起去菜市场买菜。因为我们的饭馆开得很火，有很多细菜和配料需要我们亲自去买，早上六点就要到大钟寺批发市场选菜，好不辛苦。在买菜的问题上，庞亮绝对是个很节俭的人，从不乱花钱。他总说："钱是攒出来的！不是挣出来的！"起初我对他这种想法嗤之以鼻，觉得能挣钱才能花钱。现在想想，不管一个人能挣多少钱，要是不节省早晚也会花完。

但是他真正改变我对人生的态度却是另外一件事。我看到他跟他哥哥见面时亲切握手，很不解，觉得自家人还这么客套没有必要。可他却对我说，越是对待亲人和要好的朋友越要敬重。我恍然大悟，我们平时对待自己的父母，兄弟，朋友一般都是说话随便，有时还会恶语相对，因为他们是最亲近的人所以包容了我，可我虽是一时痛快了，却忽略了他人感受，其实我们总是在不经意中伤害了对我们最好的人！

“馋的不行”关门的时候，庞亮最伤心，他拿走了牌匾，说以后一定要再开起来。后来我听说他去搞了建材，虽赚了钱，但我还是为他可惜。我知道他这样一个一心只想写作的人，成天跟水泥钉子打交道一定很不适应，虽然他脸上还是带着常有的微笑，但我知道他内心一定不那么开心。其实我们都是一样，为了理想在努力，但现实总是那么血淋淋的，无比残酷地摧残着我们的意志。其实我们每个人的生命在整个宇宙的进程里，不过是一闪而过！就是在这么短暂的时间里我们还是无法过我们想要的生活，做我们想做的事情。如果我们生命的意义仅仅是为了存在，那么谁能告诉我，这样存在的意义又是什么呢？

前不久我和庞亮见了一面，是为了一个电影的事。一个导演朋友看上他的小说要拍成电影。这次见面我很高兴，因为他告诉我他已辞掉建材的工作又开始重新写作了。并且由他编剧的一部电视剧已经播放了。我觉得这对他来说合适极了，因为他本来就很会编故事。看到他能回到他的理想中来，我很是高兴！临别时我问他《中关村大街上的情种》短片集他写完了吗？他说还没有，他说他现在不太喜欢中关村了，小时候的树全没了，满大街全是辛苦的人和辛苦的日子。没有了旧书摊，也没有了树下谈情说爱的恋人，过去的回忆一点都没了。

在这一点上，我和庞亮很像，都是很爱回忆的人，总是想着以前的人和事，也许这些就是我们创作的原动力吧！我现在很宿命，我们每个人的性格决定着我们命运。这点我们是无法回避的。就像有的人，他们性格强硬可以一往无前的生活，而我们，好像一出生就开始怀旧了！

2

在我的怀旧记忆里，小杜是一个赖在其中的人。他是庞亮的朋友，常来我们“馋的不行”打发时间，后来知道他跟我一样也是北大子弟只不过要比我大一轮。起初我跟他并不怎么说话，觉得这人整天游手好闲的像个混混。在大学里我就最烦两种人，一是毕业了还懒在学校不走，整天蹭吃蹭喝蹭宿舍住。二就是挺大岁数还要背起书包挤在青年学生里的大叔级同学。对这两种人我一般是嗤之以鼻不爱搭理，小杜显然是第二种。可世事难料，后来我们却成了哥们儿。

那天，说来也怪，平日里我很少站在我家窗口往外看，可那天也不知咋的了，我不但站在窗口，还把脑袋伸到窗户外头看，也不知是要看什么。结果正好看到了骑车过来的小杜，这一幕让我想起了《水浒》里西门庆在武大郎家看到潘金莲的场景。从此小杜就几乎长在我家了，天天来骚扰我，他也不再蹭学校的饭了，改蹭我家的饭了。他有时来找我的时间很怪，不是早上也不是夜里。而是凌晨4点，这简直不是人活动的时间！

凌晨4点小杜来我家找我，一进门就自己烧水开始沏茶，还强拉我起来跟他聊天，太阳升起的时候我们就一起去北大西门路边早点摊吃上几根油条和两碗豆腐脑，然后回家睡觉，中午他还会准时来我家吃午饭。我现在很是奇怪，当时我为什么没有把这个比“西门庆”更无耻的家伙打死在我家！也许是因为我跟他一样孤独！

其实我知道小杜是在逃避什么。他在逃避他那段不幸福的婚姻！当时他已是二婚，老婆以前是个模特，是典型的小杜喜欢的高个苗条的女人。我们在一起也是经常吃饭聊天，没觉得他俩有什么不对劲，可他就是不愿意回家，不愿意面对他们的生活，他说他是解决不好婆媳之间的矛盾才躲避，他的婚姻到底出了什么问题我不知道，却认为是他解决不好自己的问题才逃避。我常跟他说：“你这不是在逃避家庭，而是在逃避你自己。”我也就因为他当时比较可怜才肯收留这个精神流浪汉。其实要说小杜倒是个极聪明的人，而且很有商业头脑。他之前是北大英语系的学生，后来因为考试不及格，学校让他转系，他不肯就退学了。这在当时可是不可思议的事，北大学生退学，谁会想到，但小杜做到了。

退学后，他马上结婚了。跟第一任老婆一起做鞋的生意。当时人大刚刚开了双安商场，小杜就租了一层的一个柜台卖鞋，要说他对鞋那可是真是痴迷。他可以抱着心爱的鞋子睡觉比抱着最爱的女人还高兴！刚开始做生意时，他跑遍了北京周边所有的做鞋的厂家，凭着对品牌的了解和自己的审美，他甚至可以亲自设计并更改鞋样。所以不久他就把商场一层都包了下来专做鞋的生意。后来他认识了一个广东老板，说是做手套和帽子加工生意的，要跟他合作。小杜就出了个主意，把帽子、围巾和手套连起来卖，正逢那年是冬天快到圣诞节的时候，他们就把帽子和围巾设计成圣诞老人带的那种样式。结果一下子就风靡了整个京城，大街小巷男男女女都带着他们设计的三件套。小杜也由此挣了大钱，他很快迷上了打保龄球，天天带着一帮跟他混吃混喝的人去打球。因为手小，他还专门按照他的手型定做了球。那一时期，他可谓是神气十足，风光无限！每当他跟我提起以前辉煌事迹时，他总是一副无比自豪的表情。后来听说他前妻跟那个广东老板好上了，小杜跟她离了婚。据说他还很仗义把店给了他前妻，自己准备重新开始。不久就认识了现在的老婆并结了婚，但他没有再做鞋的生意，而是开始回到北大读书了。这也许就是人生吧，转了一圈又回到起点。你欠的债早晚还是要还的。

几天后，我得知小杜又跟现在的老婆离婚了。离婚当天他让一个路边算命的老头给他算算他的婚姻，老头边看他手相便问他要算什么？小杜就说算算我能结几次婚吧。那老头听后边笑边对他说：“小伙子，你的婚姻至少有五次，你就好好享受吧！”小杜回来跟我说了这事，我们听后一齐大笑不止。他虽然一直在掩饰自己的悲伤情绪，但我还是看到了他笑容后面的泪水。其实我知道他是个很重感情的人，他很渴望能有个稳定美满的家庭，也渴望能和他相爱的姑娘在一起长相厮守。可生活就是这样，它让我们总是不能得到我们想要的！

又过了几个月，小杜孤身去了广州创业。临走时的前一天，他在我家待了一天，我们早上又一起去吃了油条和豆腐脑。那天我们几乎没聊一句正经话题，一直在臭贫，互相挤对。我知道他是要故意回避离别的沉重和伤感。小杜走了，这些年他几乎很少回来，也很少跟我们联系。就是在我每年过生日的时候都会收到他送来的礼物，每次都是他精心挑选的名牌运动鞋。最近的一次，我在鞋盒里收到了他给我的一封信，说他现在很好，说他已不在广州了，他还说他已开始动笔写一篇长篇小说了。我后来也给他打过几次电话，让他没事回来看看，大家也都很想他。可他说他不想回来了，他对我说每当写作写到天亮时，就特别想念北大的未名湖和西门早点摊的油条和豆腐脑！

3

其实我们这代人对情感看的是很重的。我们都相信爱情，哪怕它虚无缥缈，哪怕它把我们搞得遍体鳞伤，我们还是相信它，并坚持地捍卫着它。现在年轻人也许不是这样看了，他们也不是不喜欢爱情，而是他们更看重现实。感觉从1998年开始，北京人开始谈论现实问题了。那一年我第一次听说有二奶、小三等词汇。从前的文艺青年，尤其是文艺女青年也不再像以前那样狂热地追捧那些所谓的艺术家了，傍大款开始流行起来。那一年我也第一次接触了这个社会的阴暗面！

7月的一天，北京燥热。当时我在上学之余开了一个琴行，生意很好。我的大学同学周琦每天帮我打理琴行的事情，让我能得出空来忙忙排练和演出，生活很是充实。那天周琦给我打来电话说琴行来了一个号称经纪人的男人说是要找我谈演出的事情。我打车回到琴行跟他见了面，此人名叫科西，说是京城著名演出经纪人。他说要安排我们去通州的一酒吧演出一个月，演出费谈得很痛快也很是诱人。我当场答应，并在第二天跟他去了通州。可没想到这却是一次惊险的经历。

科西把我们带到一个名为“火龙”的夜总会。夜总会共有三层楼，装修得非常豪华气派，一楼是洗浴和酒吧，二楼三楼全是包间。我们被安排在一楼酒吧里演出，住在二楼的一个包间里。刚到时，我们几个都很兴奋，每天早上起来先去洗浴泡个澡，然后在酒吧里排练，中午去餐厅吃饭，饭菜也很好，每天鸡鸭鱼肉随便吃。更让我们开心的是房间的24小时空调（当时北京大多数家里还没有安装空调），这让我们躲过了那年无比炎热的夏天。

可没演几天，我们开始发现原来这个夜总会其实就是一个色情场所，每天来来往往很多小姐，她们个个打扮得花枝招展，无比暴露。客人们也是形形色色，从20出头小伙子到60多岁老头都有。几乎每天“火龙”门前都是车水马龙川流不息。我们演出的酒吧就比较惨淡，几乎没有几个人，客人们一般都直奔二楼三楼开房了，没有兴趣听我们摇滚乐。更让我们感到不安的是，科西自从第一天把我们带来后就没再来过，这里根本没有人管我们，也就更没有人跟我们提演出费的事情了。

阿菊是我在酒吧认识的一个女孩，她19岁，新疆的汉族人，因为天生丽质又是174厘米的高个子，所以利用假期外出打工挣钱，她在酒吧模特队和我们穿插演出。因为酒吧客人不多，我们都比较闲，所以常常在一起聊天。起初她对我们这些长发青年没什么好感，谈话也只是敷衍了事，爱搭不理的。后来慢慢地解了，她反而跟我比跟她的那些姐妹们更聊得来。我每天演完出都要一起到“火龙”门口的大排档里吃上几十串羊肉串，她说这里的羊肉比她家乡的差远了，她让我们有机会一定要去新疆尝尝那的羊肉。只要一说起她的家乡她就眉飞色舞，兴奋异常。可每次说完她又会情不自禁地掉下眼泪。我问她是不是想家了？她默默地点了点头。在我眼中，阿菊神情里总带着一丝忧虑，这种忧虑不是她这个年纪的女孩该有的。她好像心里有事却又不知道该跟谁诉说，我几次想问，但都忍住了。

过了半个月科西来了，一见到我们就嘻嘻哈哈地问这问那，说他最近太忙也没过来看我们，问我们在这过得还好吧。我们提出要他先把半个月的费用结了，再放我们一天假，我们要回家看看。科西想想了说：“放假可以，但费用要回来给你们。万一你们不回来了我可怎么办呀！哈哈。”最后我们商量，愿意放假回家的回来结账，不愿意回家的可以先结。我因为好久没有去琴行了，所以独自回了北京，其余的人都没走，继续留下来享受空调。我临走时阿菊表现出了强烈的不舍，反复问我是不是真的会回来？我说我的琴和行李都在这里，不会不回来的，让她放心。她还问我身份证有没有被科西扣下，我很奇怪她怎么会问我这个，我说没有，我身份证不可能给别人的。

没想到回家了一天，我就生病了。热伤风感冒很是难受，所以就没回“火龙”。结果乐队的哥们儿和阿菊不断给我打电话，催我回去。我说我感冒了，想多休息几天，科西急了，说要派车来接我回去养病。我不知道他们为什么这么激动，但没办法，在他们的强逼下，病中的我还是被带回到了“火龙”。回来之后科西跟我唠唠叨叨说我违约，说他相信我才让我回去，我却骗了他。我也急了，我说我又没有卖给你。实在不行我就不演了，反正琴行还有一堆事要我回去办。我们最后大吵一架不欢而散。

晚上阿菊来我们房间看我，问我好点没有。我跟她说我不想在这干了，成天看着这些嫖客和小姐早就烦了。阿菊听后，开始哭了起来。说她也早想走了，可老板不让她走，扣了她的身份证和工资，还说让她去当小姐。我听后目瞪口呆，这种事只有在电视里看到过，没想到现实生活中还真有此事，真是不可想象。当天晚上，我叫上阿菊和乐队的哥们儿开了个会，大家一起讨论该怎么办。我首先表态，我不想在这里演了要走，问大家什么意见？大家也都觉得这里很复杂要赶快离开。我说我们还要把阿菊一起带走。这下可犯了难，一是我们走是可以的，大不了不要剩下的钱了。可带阿菊走老板肯定不答应，到时也许会对我们不利。二是阿菊身上没有钱，身份证也被扣了，她根本走不了。阿菊在一旁默默地坐着，对我们的讨论只是认真地听着没有说话。我知道她这时心里很紧张，她生怕我们丢下她不管。最后我跟大家说，阿菊很可怜，要是我们不带她走她就会被老板逼着做小姐。所以我决定一起带她偷偷走。大家开始都有点不愿意，因为我们要是偷偷走就意味着我们的东西，尤其是乐器要丢在这里，要知道，乐器对乐手来说意味着什么！所以都默默地不发言。我很理解他们，因为我也不舍我的吉他。但我还是决定了带阿菊一起离开这里！

第二天，我们商定了一个计划。一、我打电话给周琦，让他去火车站买一张后天晚上去新疆的车票。二、让他晚上过来拿一些破旧乐器把我们的乐器换掉。三、后天晚上让他打个车在“火龙”路口等我们。一切安排就绪，我为了稳住科西给他打了电话。说我那天态度不好向他道歉，以后全听他的，也不会请假了。他听后很高兴，说过几天过来请我们几个喝酒。

就这样，当天晚上周琦顺利地给我们换了乐器。第二天我们在酒吧演了最后一场。说也奇怪，那天酒吧里的人出奇的多，大家仿佛知道这是我们的谢幕演出似的，个个无比狂热，观众一直在叫好不让我们下来，酒吧老板很是高兴，送了我们很多洋酒。可我们都知道这可不是庆贺的时候。晚上9点周琦电话来了，说他已经买了晚上11点半北京西站到乌鲁木齐的车票，现在准备打车出发来接我们，让我们赶快出来。我说好的，叮嘱他不要跟司机说的太多。

那天我在酒吧一直没有看到阿菊，我很是疑惑，难道她变卦了？还是出了什么情况？果不其然，她那天被老板叫去谈话了。老板让她接客她不肯就把她锁在二楼了。这下可糟了，我们跟阿菊没法联系了。计划眼看就要泡汤，大家都很着急。没办法我只能冒险趁人多偷偷溜到阿菊房间敲她的门。才发现房门被锁了，听到阿菊在房间里哭。我跟她说能想办法出来吗？她说不能门口有人看着她。这可真是糟了，急得我满头大汗一时不知如何是好！这时我拼命回忆那些逃亡情节，事情到了这一步，也只好铤而走险了。

我对阿菊说：“你把床单拆下来放到盆里，假装去水房洗衣服。看看他们让不让你出来。出来后你可以把床单绑在身上从水房二楼爬到一楼。记住你要把鞋藏在洗衣盆里穿拖鞋出来这样他们不会怀疑你要跑，现在客人多水房没有人，你快点我们在门口等你。”阿菊问我能行吗，我说现在只有这个办法了。

我们在大门口等着阿菊，等了很久她还是没有来。周琦打电话说司机不耐烦了，要回去。我跟他说再等十分钟，我们不来你就跟司机回去，我们计划取消。那一刻，我才体会到时间难熬，耳朵里全是秒针的声音。滴答滴答……我们几个人眼睛一直盯着水房的方向盼望着阿菊能够成功逃出来，可还是没有她的身影。还差五分钟了，我们几乎全都绝望了。这时我看到一个一瘸一拐的黑影从侧门走来。阿菊！我们几乎要喊出来了！我跑过去拉住阿菊，她的眼光中充满着急切，问我："还来得及吗？"这声音几乎是哭着说出来的。我说："来得及，但我们必须要快！"我们几乎是以百米的速度奔向路口的，阿菊好像也忘了自己的脚伤，拼命地跑着，跑着，我们都没有回头，也不在乎有没有人追我们，就是往前跑。我们根本不想再多看一眼那个肮脏的地方！永远不想！跑到路口时，时间早过了10分钟可周琦没有走。他幸运地拦下一辆运土的卡车在等我们。当他看到我们几个飞奔的身影时，他表现得比我们还要兴奋。"我就知道你们会来的。"周琦大喊地说。我们迅速上了车，这辆运土的卡车载着我们几个逃亡者一路飞快地直奔北京西站。我们悬着的心总算得到了些许缓解。车上我问阿菊怎么这么长时间才出来，脚怎么受伤的。她说，看他的保安一直跟她在水房说话所以她没法脱身，后来她只好真洗起床单来，结果床单湿了很滑，她在跳楼的时候身体从空中摔了下来把脚崴了。这时周琦突然站起身来手扶车斗对我大喊："郝为！我这辈子第一次坐这破卡车去西站。丢死人了，你可欠我一个人情！你要记住呀！"大家都笑了。我们这时心情已经从紧张中解脱出来。大家都站了起来，在卡车上欢呼，跺脚，还一起高唱了唐朝乐队翻唱的《国际歌》，感觉就像一帮刚从战场中胜利而归的英雄！这时我看到了阿菊脸上出现了本该属于她这年龄的无比灿烂的笑容！这笑容是那么得自然，那么得纯洁。直到今天我还常常想起！

阿菊顺利地走了。我们在站台跟她久久地挥手告别。我们心里都有种说不出的感觉。离别的伤感让我忘记了留下她的联系方式。我甚至不知道她的真实姓名。不过没关系，阿菊，祝你好运吧！祝你以后的笑容永远那么地灿烂！

4

晚上我做了一个梦，梦到我独自回到以前的中关村大街上。街上没有柏油马路，树木茂盛。我碰到了很多儿时的伙伴，我们都骑着自行车在街上打打闹闹，追来追去。仿佛回到了童年，我还看到小杜，他背着一个双肩书包说是要去上课。也看到了庞亮，他和一位“丁香般的姑娘”肩并肩地走着，他们手拉着手穿过了没有月光的街道。

大文艺时代回忆录

爱嗑瓜子的冯小刚

并不是所有的回忆都在时光变幻的时刻。

有时勾起你记忆里的那颗种子的只是一个音符、一个画面、一颗瓜子或是一个诡异的笑容。

午夜12点，失眠，百无聊赖的我打开电视胡乱拨着频道，转到电影频道的时候正在播放冯小刚的旧电影《手机》。这个电影我是再熟悉不过了，仅在电影院就看了三遍。不为别的，只因为这部戏里面有我，有我的音乐。

很多朋友看的时候都会问我在哪里，说实话我也很难找到，但真的是有。

1

时间退回到2003年，我们目光乐队确实参演了冯小刚的电影《手机》。

记得当时我们正在排练，经济人打来电话让我们去西三环边上的一个酒店试镜，说冯小刚正在为电影《手机》选演员。我们很疑惑，但还是动身了，心里并没有抱有多大的期望，我一直觉得电影这样的事，毕竟不如LIVE来得浓烈，何况还只是试镜。

到达时，酒店有整个一层都被剧组包下了，走进去时看到很多很眼熟的艺人在这里进进出出，场面好不热闹。等候不久，我们被叫到一个大房间，见到了一个被称为副导演的中年女人，她身材不高但很健硕，留着男式三七开短发，姓黄名帝，当时我想这个女人这名起得有想法，一般人估计撑不起！还好她让我们叫她黄导，而不是黄帝。

黄导面带微笑地打量着我们这几个表情略带怪异的男孩，她边点头边对旁边一个人说："带他们去隔壁房间拍几张照片吧，拿去给冯导看看。"随后我们被带到隔壁房间，这间房是个临时化妆间，是专为选演员用的，里面一个老年演员正在化妆试镜。我们稀里糊涂地被一一拍了照片，然后剧组工作人员告知让我们等通知。

不料，第二天我们就被通知选上了，要我们后天去棚里拍戏。总结一下，这就是我第一次参加的所谓海选！没想到过程是如此的简单，又是如此的顺利。现在想想我们当时也就算是一帮愤青，嗯，起码我真的是。那个时候的我表情永远装得无比严肃，发型也是换来换去，生怕不被别人关注。

我觉得我之所以被选上，完全拜发型所赐，因为去试镜的头一天我刚刚换了新发型，这发型在当时还真是少见。记得那天中午我突发奇想，拿着一本外国杂志直奔我一个哥们儿开的美发店，他一见我就问："今天又要给我出什么难题？"我"啪"的一声展开杂志对他说"就照这个剪"。这是一本美国著名的摇滚杂志名叫《Rolling Stone》（滚石杂志）。这期封面人物正是我的偶像'Rolling Stonges'乐队的吉他手。我那哥们儿拿着杂志琢磨了半天，摸着脑袋对我说："这发型我可从来没剪过，不过你要是放心我可以给你试试。"

"你就来吧！"我说。

我早就急不可耐了，想到一会儿将变成自己偶像的样子，心里美滋滋的。还别说，这哥们儿剪发技术真是一流。经过一个小时的细心修剪，他真没让我失望！剪得跟杂志上是一模一样，虽然我长得跟老外还是有点差别，但是也不管那么多了，当时心里就想反正有像的地方就好。走在回家的路上，不时有人斜眼看我的新发型，让我很是满足。

在真正见到冯导之前，我对他和他的电影也没有太多了解，就觉得大概冯导会认为我是一个时髦青年吧！

2

时间——早上8点

地点——樱花西街计生委摄影棚

事件——拍摄电影

感受——累

没接触剧组之前，还真不知道拍电影是这样一件苦差事，不光是苦和累，最扛不住的就是无止境地等待，仿佛要等你耗费完预备好的精力和时间，才让你开始。难道这样更真实一点，还是更贴近生活？谁知道呢。

我们和剧组一队人马早早地就到了现场，灯光、服装、道具、舞美、演员、场记也都到了，可就是不开工。大家仨儿一群俩儿一伙地闲聊，在惯性等待着。只有我们几个初进剧组的外行人，追着黄导问了好几次，问她啥时开始，她总是说马上开始，马上开始！后来我才知道，原来大家都在等一个人，那就是冯小刚。

是啊，这本来就是冯导的电影，他不来怎么开拍呀！于是我们也就自己玩儿自己的，和大家一起陷入持久的等待中。

终于，冯导来了，一身帆布黑衣黑裤，没有一点腕儿的架子，我差点没认出他来。这也是我第一次见到这位国内票房之王，感觉很低调，看不出来这是一个叱咤风云的大导演。当时片场不能吸烟，冯导坐下来就开始嗑瓜子，电影依然没有开拍，冯导在瓜子皮的堆砌中和我们一起等待着。

但这一次，我们不是在等人，而是在等节奏，他们告诉我说这是拍电影的节奏！我顿时觉得自己颇长见识，原来，不只是音乐排练时需要跟上节奏，拍电影的现场，也存在着这样一段看不见的“潜节奏”，我们恍然若悟地一面听着冯导瓜子壳的爆破声，一面擦着额头流着的汗。

不过，尽管冯导人很低调，电话却不那么低调，那是一个接着一个的来，几乎没有空歇。他接电话的语气也是时好时坏，而大多都是推荐演员的电话。也难怪，从电影《甲方乙方》到这部《手机》他的票房是一路飙升，谁要是上了冯导的戏那可就是一“部”登天了。不少演员都是拼了命地往里钻，也真够难为这些大导演们的了。冯导的这一天几乎是电话不离手，瓜子不离口。

终于，我们开始化妆了，化妆师是个小姑娘，刚进剧组不久，干活比较勤快，为人也很友善。可不知是紧张还是因为别的什么原因，她给我们化的妆就是不能让冯导满意。改了好几次，我们几个的脸是洗了又洗化了又化，冯导还是不能首肯，最后还是冯导亲自出马了，冯导竟然是学化妆出身的，真是让人料想不到。早在那部80年代家喻户晓的电视剧《便衣警察》里，他就是化妆师，难怪这么讲究，原来是碰到同行了。

冯小刚给我化妆的时候我从镜子里看到那个化妆师在一旁偷偷地擦着眼泪。真是可怜的小姑娘！

化完妆，葛优大爷也到了，他一进场就惹着全场的掌声和笑声，看来葛大爷人缘着实不错。那天我们拍的一场戏就是跟葛大爷的一场，也就是《手机》里的“有一说一”的一个场面，我们是后面的乐队。

葛大爷真是个敬业的演员，到了拍摄现场以后，就一直在默默地背台词。间歇时，他走到我们面前敲敲架子鼓，问我们要买一套鼓需要多少钱，还说他父亲的一个朋友喜欢敲架子鼓。我们聊得很是开心！

实拍开始了，葛大爷熟练的台词并没有让冯导减少拍摄的次数。为了一句话，拍了一遍又一遍。其间，冯导看到了我们有些苦闷的表情，为了缓和我们的情绪，他时不时走到我们身边跟我们闲聊。问些演出多不多，一般在哪里演等等的闲话。虽然我们的苦闷并没有因此而减少，但不得不承认他确实是个经验丰富的导演，现场控制能力非常强，他对这个“潜节奏”的掌握远远超过了我们对音乐节奏的理解。

休息时，我跟场记混成了朋友，聊得不亦乐乎！他看上去好像也是一个愤青的感觉，虽然他没有我的新潮发型。

场记大大咧咧地跟我们说，他跟了冯小刚好几部戏了，还摆出一副舍我其谁的表情问我们："哥们儿，你知道这里谁最重要吗？"

我茫然不知地反问："是谁？"

"当然是场记了。"他得意地说。看到我大笑不止，他解释说："你别笑，冯小刚根本离不开我。他后期剪片子都靠我，我要不在，他根本不知哪天哪场戏拍的什么。"

我说："那好吧！到时你可要把我的镜头放大点呀！我可就靠你一步登天了呀！"

他说："没问题，可就你化成这样，恐怕连你自己也认不出来了。哈哈！"尽管他有些口无遮拦，但他笑得确实是真开心，想必他对拍电影这件事还是很乐在其中的。他笑完又接着说他也是电影学院学导演的，以后一定会拍出很好的片子，叫我耐心地等着！说完他也从兜里拿出一把瓜子"喀嚓、喀嚓"地磕了起来。

3

说来，这场戏本不长。我以为会很快拍完，不料竟是那天最后一个镜头，拍到凌晨才收工。最后冯导让我弹了一段吉他，他听了很满意，说是要把这段音乐用在这个镜头里。最后，我们和冯导葛大爷一起合了影，冯导还要了我们乐队的CD盘，并说以后要常联系。

电影《手机》上映了，我请了三群哥们儿看了三遍。本想跟他们讲讲我拍摄时的事情，哪知这群家伙对我讲的事情全不关心，唯一的问题就是一个"你见到范冰冰了吗？"真让我气愤。还有一个哥们儿问我："怎么在电影里找到你呢？"我说："你不要找我的脸。"他又问："那我找你哪里？"我说："你找我的发型就可以了。"他莫名其妙地回答："哦。"此话一出我俩都无语了。虽然在电影里没有我清晰的脸，但当我听到那段吉他旋律和看到字幕里的"目光乐队"四个字时，还是傻傻地笑了！

这些年冯导拍了很多票房很卖座的影片。可不知道为什么我最喜欢的电影，还是他和葛优早期的一个电影《大撒把》。不知道是我喜欢怀旧呢，还是因为那部电影的单纯打动了我。我身边也有朋友并不喜欢冯导的电影，觉得他很媚俗！但我倒觉得中国电影界需要艺术电影。也需要冯小刚这样的电影。就像他自己说的“有些人拍电影是为了满足艺术家和电影评委的低级趣味，我拍电影就是要满足老百姓的低级趣味”！

这许这就是冯小刚吧！穿着黑衫在片场嗑瓜子的冯导。

梁和平
——中国摇滚乐的奠基者

晚上6点半，我怀着些许忐忑的心情开车前往位于望京的“三个贵州人”餐厅。虽然餐厅老板“刀”是我的朋友，但今晚我却不是去会见老友的，更不是为了品尝美味佳肴，而是见一位我崇敬已久的著名音乐家，他就是梁和平老师。

梁和平——这个名字我无数次地从不同艺术家的谈话和采访中听到过，每每提及此人时，大家都表现出尊敬之情。对于我这个做音乐的人来说，今晚的会面，无疑是我多年来期待已久的事情！

见到梁和平老师，一番寒暄之后落座，梁和平依然和从前一样保持着他娓娓道来的风格，言辞间旁征博引，将我带回从前的那些年月。

回忆起他与音乐的渊源，从学音乐到教音乐，梁和平没有止步于当时人们羡慕不已的教师职业。一个偶然的机会，让在学校担任音乐老师的梁和平通过考试走进了中央乐团独唱、独奏组，担任键盘演奏及作曲编曲。当他从家乡来到北京时，所有的一切都吸引着他、鼓舞着他，能够与那些仰慕已久的音乐家合作，实在令他感到愉快和自豪。

“到中央乐团能跟一直仰慕的音乐家一起工作，对于我来说真像是一场梦，实在是不可想象。然而几年下来，我从满怀的希望直至失望、绝望。”梁和平说道。在那样一个年代，自由音乐还只是未曾萌芽的种子，深埋在黎明前的黑暗中。

“我所走过音乐的路很广，各种音乐风格我都经历过（如当年的政治化音乐、中国民族民间音乐、西方古代音乐、先锋实验音乐、流行音乐、摇滚乐、爵士乐、即兴音乐等）。经历的这个心理过程是非常重要的，因为中国的所谓音乐变革，其实就是人的变革。为什么今天和昨天不同？这些不同又都意味着什么？

“不同的音乐都有着什么样的内在联系？现在回头看，我有两个总结：一是‘爱音乐、爱艺术’，二是‘从事什么样音乐和艺术’；也就是说，爱音乐、爱艺术与爱什么样的音乐和艺术是两个完全不同的概念。”

“在那个年代，我之所以能从一个没有社会背景的普通家庭的孩子幸运地来到北京，完全是靠着热爱音乐、喜欢音乐才走进了一个全新的世界。但那个年代的人所接触到的音乐却只能是政治化的（如样板戏、革命歌曲等）音乐，在当时的条件下，是不可能听到除政治音乐之外的任何其他音乐。你别无选择，只能在有限的音乐环境中去聆听它、接受它。这么多年来，一切都在变，我个人的音乐内容、风格与形式也一直在变，但我热爱音乐的心却始终没有变。我从来不否认当时那些音乐对我的影响，因为那个时候你只有它，哪怕现在看来特别的傻，但这确实是真实的历史，不需要感到羞愧。”

“随着国门打开，新的东西不断地涌了进来，无论从理论上还是新的音乐形式上都颠覆了我之前的思想和审美。记得1978年上海的音乐理论家廖乃雄来中央乐团做了三天的讲座，他带来了许多我从未听过的20世纪的现代音乐（如：勋伯格、贝尔格、韦伯恩、斯特克豪森、约翰·凯奇等），这让我在音乐的观念上发生了很大的变化。在这之后，我觉得自己不应该只做中央乐团（即当年政治化的音乐）的那些音乐了。”

1

随着时间慢慢地过去，梁和平来乐团的新鲜劲儿也没了：“虽然我那时还没有对当时的政治化音乐产生极大的反感，但却对当时某些歌唱家在舞台上表现出的虚假产生了不满。我发现他们在舞台上的表演非常不真诚，甚至有一次我因为这个原因，在给某歌唱家伴奏的时候故意给他升高了调，让他唱不上去，为此，我还被领导狠狠地批评了一通。也正是因为有了这段感受，我才开始了进一步地深入思考。”

谁也不曾预料，正是这样的思考，改变了梁和平人生的轨迹：“我想，歌唱家的唱不由衷，也许并不完全是他的责任，如果一个作品都不是真实的，唱歌的人又怎么能真诚呢？于是我就暂时将歌唱家放置一边，而去追究创作歌曲的创作者，他们（作曲家）为什么不去创作一些有感而发的东西呢？结果发现，在那个年代，几乎没有哪个创作者不是为政治服务的，音乐的政治功能已经膨胀得遮蔽了音乐人的内心，所以说，创作者也是无辜的。我就又暂时将创作者也搁置一边，而又开始了对政治的追问……当我开始对政治拷问时，却又发现政治也不是造成虚假的根本原因，因为有什么样的文化，才有什么样的政治，政治背后的文化要比政治大得多；于是我就又开始了对文化的思考。正当我对文化开始思考的时候，却又发现，文化的背后还有一个更深邃的问题需要探究，那就是历史，因为任何民族的文化都是在漫长的历史岁月中慢慢积淀出来的。我母亲是教历史的，我从前却不曾关注过历史，但到了现在，我不得不去买一些历史的书籍来粗浅地学习一番。这一研究，又发现历史的形成与变迁实际上是与地理有关的，也就是说，地理环境是造成历史面貌的一个很重要的因素。所以说，东西方在政治、文化及历史面貌等方面的差异，都与地理有着最直接的关系。有了这番经历，我看事情的角度也自然发生了根本性的变化，对人、对事的评价都开始不同了。这就是在中央乐团那段时光给我带来的反思，我也正是在这个阶段中开启了一个新的精神及思想的通道，时间正好在70年代末至80年代初。”

在过去的政治年代，独立音乐——在国内是从未有过的概念。

关于“职业（音乐家）”这个词在西方和中国也是不同的。在中国，只要在一个专业文艺团体里工作，不管水平好坏这个人都是职业的；而在西方，不管是政治家、科学家或是商人，只要音乐才能达到了一定水准，就可以被人看作是一个职业的音乐家。

中西差异让梁和平打算认真思考关于中国艺术家的定义，“我曾经将中国的现有的艺术做了一个简单的梳理：从1949年到现在的60年中，我们经历了大致有三种艺术概念。从1949年到1976年打倒‘四人帮’之前的27年中，中国只有一种概念的艺术，那就是一切艺术都要为工农兵服务、为政治服务，而不允许有其他的艺术形式存在，也更不可能有其他任何表达自我的艺术作品出现。当然，也并不是没有想表达个性和自我的艺术家，但他们的命运往往很悲惨；不但得不到尊重和赏识，甚至会因一部作品而锒铛入狱。在那27年里，中国大陆只有这一种艺术，即‘政治说教艺术’。打到‘四人帮’之后，中国的文化艺术相继出现了两个新的走向、新的形式和新的概念。人们发现，文化艺术不单单只能为了政治和工农兵服务，还能表达自我及个性（如《星星》画会、朦胧诗、摇滚乐、独立电影等）。这些新艺术观念的出现，不仅为中国的艺术家们打开了一个新的精神通道，同时也打破了从前以政治为唯一目的艺术概念。

这种艺术概念的产生，我把它称之为‘思想反叛艺术’，与此同时，另一种概念的艺术也随着改革开放而渐渐出现了，那就是‘商业娱乐艺术’。开放的中国人发现，艺术除了可以被政治化、思想化，还可以去挣钱，可以为大众娱乐服务（如最早流入中国内地的港台流行音乐以及后来出现的商业电影等），于是商业的艺术便渐渐成为中国文化艺术的另一风貌。而今的艺术市场可以说是，有独立、有交融，你中有我、我中有你，人们不再为艺术的单一而痛苦、而无奈。”

面对这样的大环境，梁和平又恰是一个开放而不保守的人，任何新鲜事物都会使他马上做出反应，因此他所经历和探索的音乐风格真可蔚为大观。时值1978年，在中央乐团工作的梁和平开始尝试自己的流行音乐创作。

“记得当时（70年代末）李谷一住在我楼上，时常有人写歌给她寄来，她就把我叫上去给她试奏一下。记得每每看到一些政治化的一些歌词后，我就都给否了；结果有一天李谷一激了我一下说：‘你总对这个作品不满意，那个作品不满意，那你也写一个看看。’结果第二天，我就写了一首歌给她，歌名叫作《我愿是只小燕》。这首歌后来被收入到李谷一为广州太平洋影音公司所录制的第一张个人专辑里，后被港台、新加坡及日本广为翻唱、改编并流传。虽然此曲风格现在看来属流行音乐一类，但在当时的广东（广东是中国自改革开放后最先开始流行音乐的地方）却都把它叫作“时代曲”，到了80年代之后又改叫通俗音乐，流行这个词当时都不能随便叫。那时候，中国所有的音乐及文化艺术都是被中宣部、文化部、广电部、文联等机构把持和控制着，录音公司更是一花独放，中国唱片总公司便是这个行业的唯一宠儿。但到了80年代，随着改革开放和发展的需要，一些有想法的单位便纷纷地开始成立了私有的唱片公司，最早则是广东的太平洋影音公司。这个时候，港台的流行歌曲开始悄悄地流入了内地（如邓丽君等），这些歌曲的出现，马上就成为大陆人民的另一音乐食粮，搞音乐的人也都很快对这样的音乐内容及形式发生了极大的兴趣。内地人对流行音乐的需求已经越来越大了，刚刚兴起的中国音像行业（民间）便顺应时代潮流的发展成为中国录音行业的又一股力量。他们四处发掘新的音乐人才，我也就成为这个行业中最早的参与者之一。我当时在中央乐团最早开始演奏电子琴与合成器，跟社会接触也比较多，我除了乐团的工作之外，经常参与一些流行音乐和社会乐队的演出及录音，我们这些经常进棚录音的乐手在当时都被叫作‘棚虫’”。

“记得有一次在农业电影制片厂录音棚录音后，几个人余兴未消，我突然建议大家能不能来段爵士乐。随后，我弹键盘、吉他张勇、贝斯王笑然、打鼓程进，马上即兴地来了一段我们自己感觉中的JAZZ，那也许应该算是我们最早的爵士乐了。我们演奏的虽然算不上真正意义上的爵士乐，但那个感觉却是非常难忘的，可惜的是那个带子现在找不到了。”说到这里，梁和平掩饰不住遗憾的心情，摇了摇头。

当然，只是伴奏和配乐俨然不能满足梁和平对新概念音乐的需求，他隐隐期待着更多的惊喜出现，此时，崔健出现在他的视线中。

“中央人民广播电台里有一个老牌唱片公司叫中唱（中国唱片总公

司）的录音棚，也是过去中国唯一的一家唱片公司。这里最早的录音都是单声道，一个曲子录好几遍，最后用剪刀剪出来一个完整的曲子。到了70年代末期，中国终于出现24轨的立体声录音。随后，许多公司开始纷纷建起可以录立体声的录音棚。记得除了中唱录音棚之外，农影、宣武门地下录音棚是我录音去的最多的地方。由于立体声录音可以分轨录（此前的单声道录音必须是所有人都要一起进棚一遍遍地录），一盘专辑演唱及演奏人员也就都不用见面了。记得1985年我去宣武棚录音，刚进去，我便与一个刚录完唱的陌生年轻人擦肩而过（那次我就是去给这个人录制键盘的），我一听，此人的声音非常有磁性、乐感及语感也极好，我就问这人谁啊？录音师说，他叫崔健。”

“1985年，中央乐团的排练场来了一帮外国留学生和外交人员子弟组成的乐队，叫作大陆乐队。这支乐队对外声称自己所要演奏的是摇滚乐，他们的演奏也是我第一次近距离所接触到的第一支外国摇滚乐队。他们演奏及演唱的音乐有外国经典摇滚乐，也有他们自己创作的摇滚乐作品。听起来，他们的演唱激情高亢，节奏强劲有力，各方面确实都与流行音乐不一样。”

“1986年4月，贝斯手王笑然来找我，说东方歌舞团要搞一个大型演出活动，想请我来帮着排练并演奏一下键盘。而那一次活动正是受美国的《我们是世界》（We Are the World）及中国台湾《明天会更好》两首歌的影响，借世界和平年的契机，中国的音乐人也搞了一个百名歌星的录音及演唱会《让世界充满爱》。我答应了，并随后去了东方歌舞团排练。主办单位把中国当时80年代后涌现出来的一些歌手都找出来，在录制完盒带后，便在工体做一个大型的演出活动。排练中，乐队为每一个歌手进行了排练。实话讲，排其他歌手时，乐队都没太在意，然而到了中间崔健的出现，却让大家的演奏状态开始发生了巨大的变化。

前面的一些歌手大都是唱的别人创作的作品，而崔健一上来，便拿出了自己写的谱子来给我们演奏。歌曲一开头，是由我来演奏合成器铺底的一个带有中国特色的和声，当崔健一开口唱道：‘我曾经问个不休，你何时跟我走……’时，我身上的鸡皮疙瘩顿时起来了，和我们前面所听到的歌手完全不一样，我马上意识到，他的出现一定会在中国的未来产生巨大的影响。果然，在随后的演出中，崔健以他独具魅力的音乐征服了现场，并颠覆了中国几十年政治化音乐一统天下的演出舞台。从此，我便和崔健结识并交往到今天。事实上，中国当代摇滚音乐的历史，也就是从这一刻开始的。”

自此，梁和平开始了和崔健长达二十多年的友谊，至今依然无话不谈。

2

“要了解摇滚乐，首先必须先清楚两个概念：一是摇滚乐形式上的概念——它是指摇滚乐所特有的节奏、旋律、和声及演奏乐器、演唱方法、音响效果、舞台灯光等，也就是说和传统音乐或其他音乐形式所不一样的东西。如果这个概念去追溯它的发展，也就是几十年的事儿，再往前追溯，就是一些美国黑人布鲁斯音乐，时间也不是很长的。而第二个概念，就是我们常说的那种摇滚乐精神、思想、灵魂、气质。这个概念如果追溯起来，可就不是几十年、几百年，而是几千年，甚至更远。

可能自有了人类的阶级和压迫，就开始有了反抗和反叛；就开始有了这种所谓的摇滚精神了。当然，这是广义的理解摇滚乐。所谓反抗，就像一次次奴隶造反、农民起义和社会革命与变革，也许都应归属到这种精神里面。其实摇滚乐更注重的是这种反叛意识、批判意识、革命意识和斗争意识。如屈原、贝多芬也应说是具有摇滚精神的。”

常有人问梁和平什么是好的摇滚乐、什么才是真正的摇滚乐，他大都不会直接回答。他认为当他把对摇滚乐的界定标准定义出来时，每个人都可以自己来客观地甄别它的高与低、好与差。若想成为一个好的摇滚音乐家或好的摇滚乐队，形式和精神这两种概念是缺一不可的。在梁和平看来，崔健就做到了这两点。中国音乐界自从崔健出现后，整个儿就出现了颠覆性的变化，无论谁去禁止摇滚乐的演出，都不能阻止年轻人对摇滚乐的热情。

“对于那个年代的中国来说，崔健的出现，不仅仅是为中国人带来了摇滚乐，更重要的则是他的音乐唤起了中国人内心封存了几千年的个性和自我。当崔健发行了他的第一盘专辑《新长征路上的摇滚》后，很多人给他写信。”梁和平回忆道，“他们中间大多是知识分子和大学生等。信中的内容基本都是表达着一种听了崔健的歌后所给他们带来的对自我的启示和个性的解放。我们经常说撬动历史关键的杠杆是什么，是一个从未发生过的事情和从未道出的真谛。一个人物的出现绝不是孤立存在的，他一定是代表着更多人的心愿，把更多人想说而未说出来或不敢说出来的话给说了。”

自崔健出来后，给中国社会带来的震撼无可估量，沿袭至今。

央视《人物》栏目在做崔健专题介绍时，采访梁和平，而梁和平对其价值的个人认定是肯定而客观的。“我说：‘崔健对中国的历史作用，就如同但丁在西方文艺复兴时期的历史作用。’”梁和平回忆道。

“我们知道，西方社会的发展能有今天这番成果，追溯起来大致是这样——资本主义发展源于工业革命；工业革命源于人性解放；人性解放源于文艺复兴；文艺复兴源于中世纪的黑暗（如政教合一）……正是因为西方曾有中世纪这一对人性极大摧残的时代，才有了像但丁这样人的出现。但丁的核心价值就是在于他将人的尊严、人的价值彰显了出来；而他正是发掘自我、推翻黑暗统治的关键人物。反观中国，几千年的封建统治和新中国成立后一度极端政治化的意识形态，可以说中国人早与自我无缘、个性无缘了。然而崔健的摇滚乐的出现，却无意中完成了激活中国人个性及自我的人性基因的历史使命。当然，这并不是说中国只有崔健是追求自我、彰显个性的第一人，我们都知道中国近代历史中不乏众多为自我、自由、尊严、个性努力奋争的人，但我要说的是，崔健所掌握的摇滚乐这一特殊音乐工具，确实成为他实施传播人性自由心声的有力武器。我甚至常想，贝多芬若活在今天，恐怕他也一定会利用摇滚乐这一有力的音乐武器来把自己的思想表达出来。”

所幸，在80年代的中国，中国出现了崔健。“1988年，崔健专辑录完了，开始考虑如何发行的问题。正当这时，一个中国台湾做音乐并开音乐公司的朋友陈复明从中国台湾来内地探亲，当我把崔健的小样推荐他听过之后，他完全被惊呆了；他不相信中国会出现这样的音乐。随后他问能不能将小样带回去给中国台湾的音乐人们听听，并希望得到他们的支持在海外发行。我告诉崔健后，他欣然地接受。当陈复明将崔健的音乐带给他的同行们听后，大家的反应是和他一样的，并说：‘明明，赶快把崔健这盘带签了吧，他一定会不同凡响！’借此，崔健的音乐才得以在海外的推广和传播。

不过，同一个版本的专辑在中国台湾却用的是《一无所有》做封面，而不是《新长征路上的摇滚》，因为他们考虑到长征一词在中国台湾是敏感的。”梁和平回忆起给崔健做演出的那段日子，不经意地略去了那个年代里的艰辛和曲折。

“1989年初，在崔健完成了第一盘专辑后，便开始筹备他的北展首场个人演唱会。由于那时缺人手，我便叫来了王小京等几个朋友一块儿帮着崔健把北展的演出完成。两场演出盛况空前，当时的票价最高不到十元钱，崔健的演出却炒到了一百多元，连记者都得自己去买票，这在那个年代是不可思议的。”

北展演出后，崔健就受邀去英国、法国参加国外的音乐活动。

而当时中国正好要举办亚运会，崔健的父亲是空政歌舞团的小号演奏家，他很希望崔健能够为亚运会做些什么，就和梁和平商量让崔健也为亚运会做场义演。而当时年轻气盛的摇滚人却不一定会按常理出牌，根据对崔健的了解，梁和平做出了自己的行动：“我想了一下，便从支持亚运会其实也算是支持中国对外开放和通过为亚运会集资义演的活动能为中国摇滚乐发展打开一条生路（当时有某领导发话禁止摇滚乐在中国发展）的角度去说服崔健，崔健最终同意了为亚运会集资义演的构想。”

事与愿违的是，随着当年一场政治风波的发生，集资义演的想法被暂时搁浅。“之后的整个6、7、8月，所有的演出基本都停止了，也只有在一些地下的场所（酒吧、会所等）还能有一部分自由的演出。在这个特殊时期，我们度过了一段儿既放松、又紧张的日子；我们也不知道接下来该会是个什么样的前景，也不知道未来摇滚乐会是什么样的命运。到了9月份，紧张的气氛渐渐缓和下来，一切似乎恢复了正常，亚运会的事儿便又提上了日程。

我们通过关系找到亚运会组委会主任朱祖朴，希望通过他来联系亚运会的总负责人张百发去申请为亚运会集资义演的活动。当时张百发正好刚刚到东南亚为亚运做宣传回来，之前在国内他并不知道崔健是谁，但是在国外发现人们都在向他问崔健（因为这个时候正是崔健的第一张专辑在海外热卖），而对他所熟悉的刘欢、韦唯等歌星毫不在意。当他一听说崔健主动提出要为亚运会集资义演，他当然非常高兴了，有崔健的支持，自然国外会买账。但他却不了解崔健在国内被禁的始末，于是便让下面再审查一下崔健的歌词内容，如果没有问题，仅是因为摇滚乐这一音乐形式不被官方接受，那他觉得应该给崔健摇滚乐一个两全其美的机会。

当审查结果没有问题后，马上就批了。这时已经到了11月份，崔健便在仅有两个月左右的时间里（春节期间必须在北京首演）迅速重组乐队并紧锣密鼓地紧张排练起来。1990年春节期间，崔健为亚运会集资义演的首场演出便在首都工人体育馆拉开了帷幕，演出盛况空前。到了3月份，崔健的第一阶段的四省市（郑州、武汉、西安、成都）演出便顺利地奏响。”

原本仅仅是想为亚运会集资，不曾想这四地演出，掀起了中国大地的摇滚高潮。而这个高潮的见证者正是梁和平。

“我开始用松下最早的M7家庭摄像机把当时的演出盛况都记录了下来。记得崔健每到一地，政府部门先是非常积极地配合着宣传和接待，观众也一直都憋着劲儿等着崔健来，然而演出下来，官员们便受不了了，因为当时的那个激情场面是他们始料不及的，观众被崔健煽动的热情与疯狂确实令官员们心有余悸。崔健只是唱还没什么，只要他在其间说上几句话，那就更不得了了。在西安体育馆，我看到观众席中突然扯出了两块大白布，上面写着非常敏感的字句。你想主席台上的官员们还能坐得住吗?各地领导们开始纷纷向上面告状，觉得这样的演出太有违安定的原则了。于是，当第一轮的四个城市演出结束后，就再也没有得到其他城市演出的许可。我在记录这个演出的过程中，确实感受到了崔健对各地观众的震撼和影响。”

3

正是那样一个处在“变档”时期的80年代，摇滚精神唤醒了大多数人的自我意识。也只有在那样的社会环境下，崔健、魔岩三杰、唐朝、黑豹等音乐人才得以发挥了摇滚乐的社会功能。

“那个时候的人看摇滚演唱会，都是无比的疯狂，因为人们刚刚开始接受变革，那情形现在不会再有了。从那个时候开始，摇滚乐便在中国大陆迅速走红，渐渐风靡。”

借着这种风靡，中国台湾的滚石唱片公司开始策划在香港红砌体育馆演唱会的“中国火”演出。而在红砌那一场的演出主角正是由梁和平伴奏的主唱何勇。

“1990年的一天，我和香港艺术经纪人刘卓辉聊天的时候说起何勇，说者无心听者有意。不久，刘卓辉就签了何勇，并开始为何勇录制第一盘专辑。在刘卓辉的运作下，我和音乐人王迪为何勇监制了他的第一张个人专辑。但因性格的缘故，何勇和刘卓辉最终还是没有合作成；经过协商，录好的专辑就转卖给了滚石唱片公司。”

“1994年，滚石要在红磁做‘中国火’的消息传出来，不少港台媒体便提前来到内地做采访。参与采访的乐队有：唐朝、何勇、窦唯和张楚。大家都是问什么就答什么，而到了采访何勇时，一向口无遮拦的何勇捅出了娄子。当一位中国台湾记者问到他：‘你对香港的四大天王怎么看’时，便不假思索地说：‘除了张学友会唱点儿歌外，其他都是小丑。’话一出口，一下子让港台媒体有了话题；当记者将何勇的原话刊登在各大娱乐报刊后，顿时在香港演艺界内掀起了轩然大波，几乎所有的媒体都登了这条新闻。许多香港的歌迷都不高兴了，当时香港的大姐大梅艳芳就说：‘他何勇到底是何方神圣，我们倒是要看看何勇唱得到底怎么样？’一时间，火药味儿确实挺重。到了红磡演唱会的当天，何勇心里还确实有些紧张，真不知道演出的结果会是怎样，香港人会喜欢他、会买他的账吗？记得演出前，吕方、王菲等几个香港歌星到了后台为何勇鼓劲加油。不难看出，有向灯的就有向火的，何勇当时也是抱着打仗的心态上的台。演出的形式是：在每个人演唱之前先放一个MV，到了何勇那儿，大银幕上便放了他的专辑主打曲《垃圾场》。当MV《垃圾场》的开头在巨大分贝的扩声中奏响出后，观众一下子就沸腾了。而接下来的何勇激情演唱，更是把观众从座位中拉了起来，结果创造了红磡体育馆全场站着看演出的历史性纪录，而以前谁来此地演出都没出现过如此的盛况。”

1994年红磡辉煌的盛况，确实让中国内地的摇滚乐在海外达到巅峰，但也就是在这高涨之后，摇滚乐的浪潮开始慢慢回落，几乎再也没有新的摇滚人能超越那个年代的人了。

当我问及梁和平在这之后的中国摇滚乐还有哪些新的乐队是比较被认可的，梁和平接着说：“前些年听得比较多，而目前的摇滚乐队我已经不是很关注了。自崔健、何勇等一批摇滚乐元老之后，我曾经比较认可的乐队有‘子曰’、‘二手玫瑰’和已经解散了的‘美好药店’等。这几个乐队在音乐上还是比较有自己的感觉和自己的特色，不像很多乐队重在拷贝西方摇滚乐的各种风格。我对音乐的几个要求是：要有独特性，不是光拷贝别人的东西，如果你的东西是可有可无的话，就没意思了。我常说：‘这个世界经典的东西、好的东西太多了，听都听不完，但我们永远记住——这个世界永远都需要一种音乐，那就是没有听过的音乐。”

“记得当年‘五月天’乐队的吉他手曹军把他新创作的录音小样拿给我听时，我就跟他说：‘你这些音乐写得不错，但你觉得它是真实的吗？是你自己吗？你能相信它吗？’当他理解了我的意思后，便拿出了他更早些时创作的音乐给我听，我一听便说：‘这才是你的音乐，这才是你内心所要表达的内容。曹军感慨地说：‘咳！这些的确是我内心真实的音乐，但当我把这些音乐给我们乐队的乐手们听过后，他们说这不叫摇滚乐，没有个性。因此，我天天琢磨怎样的音乐才算是摇滚乐。这不，费了这么大的劲儿做的东西，结果还是不真实的，看来在中国做摇滚乐确实很难啊！’现在很多小孩儿就面临这样的情况，他们内心的表达被遏制了。

但是摇滚乐是要表达自我个性的，什么是个性，个性不是说你骂人、做出撕了裤子这种莫名其妙的事情就是个性，个性是你保持了自我，这才是最关键的。比如说：你不爱讲话，那你干吗非要努着劲儿去口若悬河呢？很多人要借着某些东西才能表达自己，但好的摇滚音乐人是用音乐来表达自我的。可以说，摇滚乐成就了很多人，也毁了不少人。”梁和平无不遗憾地说道。确实，对于摇滚乐，无论大家接不接受，时代已经不再像80年代那样充满了孕育的耐心和养分。

中国人始终在寻找和发现新的方向，还是有无限的可能，但我们接受不了一种重复的协和，却又要遵循和坚持些什么。而梁和平认为：“中国有一句话叫作‘万变不离其宗’，这个‘宗’，就是人跟他周遭世界所发生关系的一种协和，所有规则的、规律的、规范的东西就是人的‘宗’；无论是音乐、舞蹈、绘画、文学、戏剧、电影等各种艺术形式，都不能脱离这个‘宗’的概念。然而再协和的‘宗’，都不可能让人永远地去遵循它、固守它，需要人们不断地推陈出新，这就是‘万变’。20世纪，就是人们对所有传统文化、传统事物厌倦之后的一种突破。任何事情都是这样。”

梁和平老师最后总结道。

郭路生

——中国当代诗歌先驱

入夜是北大最欢乐的时间，年轻的学子们三三两两出来溜达，原本僻静的校园和林荫街道都闪现着青春的身影。住在学校的这些年，我见过了一拨又一拨的孩子，从懵懂无知到历练无数，就在这所大学的孕育中成长着、感悟着、创新着。

而我，早已过了凑这个热闹的心境。

晚上八点，被无聊的电视节目搞得心烦意乱。决定关掉电视找点音乐来听，不想，在凌乱的唱片里发现了一张沾满尘土的刻录CD盘，上面用签字笔写着几行小字“醒客”诗歌朗诵会，朗诵者：食指，雪迪，黑大春与目光乐队。这让我突然兴奋起来，血液好像要被煮开了，脑子立刻回到了2002年的那个春天。

当我还像这些孩子的年纪时，那个春天，结识了诗人郭路生。

记得我读老郭的第一首诗就是那首著名的《相信未来》。

那是我第一次读那个年代的诗歌，虽然有些不解，但却被老郭纯净的抒情诗风深深地打动。可以说，老郭诗歌上的纯净到现在都很少有人能与之媲美！后来在很多杂志书籍里看到有关他的介绍，觉得此人无比神秘。其中有一本书里大致介绍了他年轻时的一段生活。说他是在母亲行军途中所生，因此起名路生。从小就很热爱诗歌，十几岁时曾偷去牛棚看望过被打成“右派”的诗人臧克家，中学时代喜欢戏剧，编写过一个反映革命题材的“独角戏”并在民族文化宫门前演了好几场，很受欢迎。当时唯一的演员就是后来的相声大师姜昆，导演也是后来著名的导演王扶林。老郭20岁那年是诗歌创造的高峰，代表作《相信未来》《海洋三部曲》《这是四点零八分的北京》都是那个时期完成的。据说有一次，一个高大英俊的年轻人敲响了老郭家的门，说要跟他聊聊诗歌。老郭把他让进屋来跟他聊了很久，那个年轻人还跟他聊了聊电影，临走时老郭问他叫什么名字，他说他叫陈凯歌。后来“文革”结束后，郭路生创作了《写在朋友结婚的时候》，又名《有这样的婚礼》，陈凯歌报考电影学院时曾以此诗为面试时的朗诵作品。

后来郭路生去了山西杏花村插队，据说他那个的时候不仅写诗，还喜爱给大家讲评书。每次干完农活村长带头听他讲《水浒》。

《相信未来》和《这是四点零八分的北京》是郭路生流传最广的诗歌，当时全是知青用手抄本的形式流传到全国的。后来就连江青也看到了《相信未来》，江青看后说，相信未来，就是不相信现在。于是老郭受到了审查，不久就患上精神分裂症，跌倒在社会生活的尘埃中。

1

2002年。

机缘流转，我和诗人黑大春、雪迪、郭路生在五道口“醒客”咖啡厅搞了一次朗诵会。那是我第一次见到老郭。

那天朗诵会来了很多人，把“醒客”咖啡厅挤得水泄不通。留美诗人雪迪当时感叹地说：“我在美国待了12年，参加过很多诗歌朗诵会，有一次竟只有2人来听朗诵，诗人们都很尴尬。没想到在中国竟有这么多人来关注诗歌，真是两个世界呀！”

其实那天很多人是冲着老郭来的，只因老郭进了福利院以后就很少露面，那时他是刚刚出来不久，受黑大春之邀他同意参加此次朗诵，他也是个很爱朗诵的诗人。

老郭那天穿得简朴而整洁，他个子很高，但稍微有些驼背，面容总是带着微笑，对来跟他打招呼的人都是那么的谦和、真诚。朗诵会开始了，老郭第一个朗诵，当主持人介绍朗诵者食指的时候，全场起立并给了他雷霆般的掌声，之后又瞬间变得鸦雀无声，大家都在静静地等待着那久违了的声音。老郭慢慢走上台，表情变得严肃而神圣起来，他清了清嗓子，没有多余的开场白，也不拿诗稿，直接开始朗诵《相信未来》，全场又是雷霆般的掌声。

《相信未来》

——食指

当蜘蛛网无情地查封了我的炉台
当灰烬的余烟叹息着贫困的悲哀
我依然固执地铺平失望的灰烬
用美丽的雪花写下：相信未来

当我的紫葡萄化为深秋的露水
当我的鲜花依偎在别人的情怀
我依然固执地用凝霜的枯藤
在凄凉的大地上写下：相信未来

我要用手指那涌向天边的排浪
我要用手掌那托起太阳的大海
摇曳着曙光那支温暖漂亮的笔杆
用孩子的笔体写下：相信未来

我之所以坚定地相信未来
是我相信未来人们的眼睛

她有拨开历史风尘的睫毛
她有看透岁月篇章的瞳孔

不管人们对于我们腐烂的皮肉
那些迷途的惆怅、失败的苦痛
是寄予感动的热泪、深切的同情
还是给予轻蔑的微笑、辛辣的嘲讽

我坚信人们对于我们的脊骨
那无数次的探索、迷途、失败和成功
一定会给予客观、公正的评
定是的，我焦急地等待着他们的评定

朋友，坚定地相信未来吧
相信不屈不挠的努力
相信战胜死亡的年轻
相信未来，热爱生命

老郭共朗诵了7首诗，观众的掌声一次比一次响亮！当朗诵完最后一首诗的时候，他深深地向大家一鞠躬。在场的很多人都流下了热泪，看得出他们也都和食指一起经历过那个腥风血雨的年代。

我们现在很难想象，在那么一个动乱的年代里，在“蜘蛛网无情地查封了我的炉台”的岁月里，诗人依然劝告人们要“相信未来”，坚信人们对于“那无数次的探索、迷途、失败和成功”，“一定会给予客观、公正的评定”。庄周说得好：“食指是一个圣徒。在所有人的语言都被统一在最高指示下的时候，他喊出了自己的语言……作为一个启示诗人，他的诗歌语言必然是质朴的，他不是为世界增加表现形式的艺术型诗人，他是为世界保留良知和尊严的宗教型诗人，他为整个时代争取了被救赎的一线可能。”那次朗诵会后，我开始关注起中国当代诗歌。并对老郭产生了崇高的敬意！

2

转眼2003年的春天，广州举办“珠江之夜”诗歌朗诵会，几乎邀请了全国所有的知名诗人参加。我和诗人黑大春也在受邀之列。

当时北京一行人有：郭路生及他的爱人翟老师、我和我们乐队键盘手王鹏、严峻（也是著名乐评人）和音乐人张玮玮、女诗人尹丽川及荷兰诗歌学者科雷。非常庆幸的是，我们坐的是火车而不是飞机，这样我就有了机会跟老郭近距离的交谈。其实，经过上次的朗诵会，我跟老郭已经相识了，只不过出于他的身体原因我们没有太多的交流。在车上我们几个年轻人及科雷不停地调侃说笑，尤其是女诗人尹丽川，她那清脆悠长的笑声始终回荡在车厢里，昼夜不停。

在我们谈笑的时候，老郭在一旁静静地看着我们，有时也会插上一两句话，但更多的时候他沉默地看着窗外，好像在思索着什么。他抽烟很凶，听说在写作时是一根接着一根地吸，直到写完才罢了。所以我们的交谈多是在车厢的吸烟处进行的。

“郝为，你今年多大了？”老郭问我。

“27。”我说。

老郭微笑地说：“多好的年纪呀！可我真的不想回到你现在的年纪。我在你这个年纪时全是痛苦。”

“再抽一支烟吧。”我不想让他继续回忆过去的苦难，故意转开了话题。这时老郭的妻子翟老师端着两杯茶水走过来，并对我说：“郝为，你尝尝这个雪莲茶。这茶对你们吸烟的人很有好处。”

老郭喝茶的时候，翟老师给我使了个眼色，我明白她的意思是叫我不要跟他过多地提以前的事，怕他情绪不稳定。我点了点头，示意明白。老郭很健谈，他给我说了很多他喜欢的诗人，他为什么一直钟情于抒情诗，他说写诗就是他的生命，这辈子都不会放弃写诗，他在福利院时不管有没有灵感每天都要拿笔写点东西才安心，他不但一直坚持写诗，还要把每首诗都背下来。他坚持每次朗诵都不拿稿子，说这样是对读者的尊重。听后我很是钦佩他非凡的记忆力和对诗歌严肃认真的态度！我们谈得很愉快，并约好回北京后请我去他家喝茶继续聊。我说："好的，到时一定去拜访！"

火车到了广州站时，老郭不下车却在包里找东西，翟老师问他找什么？他说找茶，翟老师说回酒店再找吧。他说不行非要找出来，大家都不知道他为什么突然在要下车的时候找茶？最后还是翟老师帮他找到了两桶雪莲茶。老郭拿了一桶递给我，并对我说："孩子，你拿着喝吧。这茶对你嗓子有好处。"我又是吃惊又是感动，一时却不知对他说些什么好了。下车时科雷对我说，老郭这人对人对事都很认真。你答应他的事一定要完成要不他会老念叨的。我点了点头，答应着下车了。

3

3月份的广州天气已经开始热了，空气里带着南国独有的湿润。正逢当时比天气还热的中国台湾偶像组合"F4"要来广州开演唱会，让本就闷热的城市又多了几分躁动。我们下榻在五羊新区一个四星级酒店，一行人到酒店时，大堂已经坐满了等候多时的中外记者。他们都想在第一时间采访老郭，为了保证老郭能安静的休息，不被外界打扰，主办方和翟老师商量，临时给他换了房间，并从后门进入酒店。翟老师还拒绝了一切的采访和探望，老郭也没有参加演出前的彩排和走台。我想老郭早就知道会是这样，所以他一定要在下车之前把茶叶给我。他知道到了广州我们是没有机会、碰面的。结果真的让他猜着了，要不是最后一天我们在车站偶遇，还真是没有机会和他说话了。

"珠江之夜"诗歌朗诵会，是广州当地的一个地产商投资举办的。所以演出场地就设在地产楼盘空地的一块草坪上，空间很大，场内还建有亭台楼阁，小桥流水，景色清幽而秀美。几个著名诗人的头像照片，被放大数十倍，依次悬挂在场地两侧，老郭当然是排在第一个。我们到达场地时，很多诗述和记者们正在巨幅照片前拍照留影，依然是老郭的照片最受推崇。演出前主办方在楼盘的大厅准备了自助酒会，供诗人和领导嘉宾们休息和交流，酒会上老朋友们纷纷相见，大家互相拥抱，举杯交谈个个欢声笑语，兴高采烈。我和王鹏也不断地被记者采访拍照，招呼朋友，忙得不亦乐乎！得空时，我在人群中寻找着老郭和翟老师的身影，却没有找到。演出是在晚上八点钟开始的，一开始是领导和主办方讲话，随后是广州当地的诗人们朗诵，其中有很多诗人写的诗都很不错。

尹丽川是我们北京代表团中第一个上台的，她是当天为数不多的女诗人中最美丽也最被大家追捧的一位。尹丽川是个多产并优秀的作家，她不但写诗，还涉及杂文、小说、散文，笔锋犀利、毒辣、聪慧、性感，也是我比较喜欢和推崇的新锐女作家之一。她那天朗诵了两首新诗，我觉得都很不错。严峻和张玮玮是第二个朗诵的，他们跟我和黑大春的表演方式差不多，都是试图把音乐和诗歌结合起来达到一种融合。但不同的是，他们的音乐带有很强的实验性和破坏性，而我们则更注重表现音乐的唯美和意境。演出接、近尾声的时候，主持人走上了台，他满怀情感地对大家说："现在我要向大家介绍下一位诗人，他就是诗人食指。"此言一出，略显沉默的会场一下子沸腾起来。我们都起立鼓掌，声音持续了很久。

主持人继续说："如果说孙中山先生是革命的先驱者，那么我认为食指就是我们中国当代诗歌界的孙中山！"全场又是一阵热烈的掌声，这时我看到老郭在翟老师的搀扶下缓缓走上台来，手里依然没有拿诗稿。与上次不同，这次老郭一上台就对着大家深深地一鞠躬，随后他还是没有开场白，直接进入主题。这次先朗诵的是《六点零四分的北京》，当他朗诵到《相信未来》的时候，几乎又是全场齐诵。这个场面发生在一场几百人的诗歌朗诵会上，真是罕见！值得一提的是，老郭的一首诗《疯狗》被一个导演拍成了纪录片，当天在他朗诵这首诗的时候大屏幕上突然放出了这个片子，那里面有很多“文革”批斗时的镜头，我们看了都担心老郭的情绪会受到波及，尤其是翟老师，我看她一直站在场边双手紧握表情无比地紧张。这时我三步并做两步走到主持人面前，要求他停止播放这个片子，他本想发问，但看到我一副不能商量的表情时，他忍住了他的问题，关掉了片子。我走回观众席的时候跟老郭对视了一眼，他冲我微微点了一下头，示意感谢我的举动。但那天老郭还是被那些镜头所影响了，在朗诵到后半段时，他声音变得有些呜咽了，翟老师跟主持人示意赶紧停止朗诵，在老郭勉强读完这首诗后，我们把他从台上搀扶下来，并很快消失在人群中了。朗诵会结束后人们还是久久不愿离去，纷纷向我们打听老郭的情况，我们也只能摇头不答。

第二天，我买了一份《羊城晚报》看到上面有一篇文章，文章里说到昨天的朗诵会时有这样一句话：“昨天当中国台湾人气组合‘F4’唱起《流星雨》时，诗人郭路生朗诵起了《相信未来》！”是的，这确实是两种文化的碰撞。但想想我们现在还有谁去唱《流星雨》这首歌呢？又还有几个人去谈及这只已经过时的“F4”组合呢？可见，时间是验证艺术的最好方法，真正有价值的艺术作品是不会被时间冲淡的，反而会随着时间的流逝更加被人们认同和尊敬！直到今天，当我听到CD盘里老郭朗诵的《相信未来》时，还是忍不住会神情激昂，热泪盈眶！不知道为什么，我现在比那时更喜欢这首诗了，也更加怀念跟老郭相处的那段日子。

4

朗诵会结束的第二天，我和王鹏在街上闲逛时碰到了拿着行李的老郭和翟老师。我们赶紧上前从翟老师手里接过了行李，并问他们要去哪里，为什么不跟我们一起走？翟老师说她和老郭要去深圳看望一个老朋友，为了不给大家添麻烦，就不辞而别了。我听后心里有点感伤，并坚持要送他们到火车站。老郭说不用了，他们坐公交车走就行，我拗不过他，只好搀着他往公交站走去。老郭看上去有些疲惫，我们一路无语。刚到车站车就来了，他们匆匆上了车，我在下面目送着汽车慢慢启动，不想老郭突然伸出头来边冲我们挥手边大声对我说：“别忘了回北京后来我家喝茶。”随着汽车在我视线消失的那一刻，一阵酸楚涌上心头。这就是我眼中的郭路生，一个为着理想和信念从不屈服的人！一个让我们永远尊敬和学习的诗人！

很遗憾，回北京后因为各种原因我没有去老郭家拜访他，也没有和他再见过面。我很内疚没有实现我的承诺，但我很期待能实现我的承诺！

晚上接到一个哥们儿的电话，说他要去广州出差，问我要不要带些特产？我说：“特产就不用了，要带就给我带两桶雪莲茶吧！”

栾　树

——音乐让你我更清澈

在郊外马场看到栾树的时候，他正蹲在院子里修理一堆马术工具，正午的烈日照在他弓起的后背上，一瞬间，让人觉得从前印象中那个长发青年的形象飞快地退去了，这里只有一个运动员栾树，一个种菜、养牛，喂着一群马的男人。

他脖子上的汗滴在地上，小小的一滴，落地就蒸发了，一部分被地面抽走，一部分变成空气中的水分。和他当年的音乐一样，一些进入听者的内心，一些走失在时光的洪流。

1

“快屋里坐，热。”他说。

走进他的屋子，这是一个简居的空间，欧式田园风格中最为显眼的是进门处有一面舞台，置放着他的乐器键盘和音箱。原以为这是一处隐居的地方，却发现作为乐手的细节随处可见。音乐元素就像他身体里的那些汗，挥不尽也掏不空。

落座的栾树打开了话匣：“有一段时间，大家都不知道黑豹是哪里的乐队。我们第一次在香港伊丽莎白演出时，一连演了6首歌之后，谢幕下去，大家才反应过来，开始不住地跺脚。那时候香港人也没见到过大陆的摇滚乐队，他们之前都听惯了，黑豹当时的那个状态是他们见不到的。也正是从那个时候开始慢慢显示出北京在华语摇滚乐的地位是何等重要，一听说是北京来的，就会觉得很牛。但到唱片出来之后，内地的很多人还以为我们是中国台湾的乐队，后来才发现原来是我们自己的乐队。”

对了，这就是那个年代。

那时的栾树是一个摇滚斗士，尽管科班出身，但在大学时期已经“不务正业”了，他就喜欢听The Beatles、Sting和Prince，也深深被他们影响，“他们那些和声使用的方法特别随意，而且那些乐手也都是全活儿的乐手，都是很厉害。相对来说，黑豹早期每个人在音乐的驾驭能力上还是相对的比较弱一些，但是那个时候也没有别人了。黑豹的初期很珍贵，我觉得早期的黑豹是真正具有黑豹精神的。它的歌词、旋律，乐队的风格和个性是最具有张力的，它的音乐风格是偏pop摇滚，注重旋律，我是崇拜旋律和和声的一个人，当然这和从小学古典音乐有关系。早期黑豹的编曲和和声部分会有我比较多的想法，当时还有李彤、窦唯，后来窦唯离开，我兼任主唱，音乐的魂还是在的，包括我们的穿刺行动的演出和第二张专辑《光芒之神》。”

忆起来路，如今俨然是一个运动健将的栾树抽着烟，沉默了一小会儿。“我们年轻的时候比较张扬，愿意把心里话直接喊出去，那个过程是挺直接的。在黑豹年代，有什么东西就要呐喊，有什么就要去表达出来。但是逐渐逐渐地还是我想慢慢地更内心化一些，把要说的这些东西融入音乐当中去。我觉得这可能是在逐渐地修炼自己，通过音乐的方式和生活方式慢慢修炼自己，和骑马一样，是一个上升的过程。”

也许正是在这种转变的过程中，栾树的作品也一直保持着自己的风格。他觉得音乐的范畴就像大海一样，在陆地上的人永远都不知道海底是什么样的。“就是说它会蕴藏着有些人永远都谈及不到的、最灵魂的东西，或者是让你会产生顿悟的。谁都不敢说我已经潜到底了，所以人只有不断地去挖掘自己，让自己的想象力不要枯竭，让自己去保持这个状态才行，尽管这是一件很难的事。”

每一个倾心创作的人也许都会在不断挖掘自己的同时，希望能在某一瞬间抓住灵感。有时是在醉后，有时是在某时。“创作的时候时间是无法控制的，我时常是在深夜，或者天就要亮了的时候，这个时候做音乐或是在写、在编的，而且让自己永远保持在这个状态里。这个时候，很多人在梦里，而你仿佛在另外一个世界。”

同样是创作，也许画画的人能理解。他说，“只有像我们一样研究这个东西的人，都是为了要把这个做得尽善尽美。只有他们才明白这个道理是为什么，包括作词的人也是。我记得有个写词人对我说，他每次创作的时候都要把自己倒出来，倒空，然后再慢慢往回装。这是一个煎熬过程，却还要周而复始地去做。在当下还要保持这样一个好的、能说服自己的想法，要有这个坚定的意志是很难的。我自己在创作的时候也是，在没下手之前，不知道会发生什么，一旦顺了之后，才会感到灵感源源不断地涌来。一个作品由不同的人写，会写出不一样的感觉。这也是为什么我一直喜欢原创的东西，坚持自己去写的原因。”

每一次创作都是经过漫长的一个过程，首先让自己坚定下来，然后才能握住方向。

“整个摇滚乐坛在1994年之后逐渐下滑，虽然这和环境有关，这里面有大众的不理解、新闻导向的原因，但是，很重要的原因一是创作上的枯竭，二是方向上自己不坚定的原因。这些原因都是来源于外在的影响，但这个外在的时间长了，把内心就改变了，你想去找，找也找不到。后来香港、中国台湾的人还觉得你黑豹还要去出从前的那种歌，大家会喜欢的。错了！因为你自己已经不喜欢了，如果是为了别人喜欢而去做这种东西，怎么会好呢？”这位继窦唯之后黑豹最好的主唱，现在也渐渐和当时的感觉接近了，从他认真的眼神中又透露出那个张开双臂的形象。

“窦唯离开黑豹之后，乐队开始‘穿刺行动’。一年多时间里，演出整整38场。我自己带着设备、灯光、音响，走完整个巡演，完成了那个时候的一个梦想。那个时候是我们真正的巡回演出，去了很多地方，而且在每个地方都按照自己的要求，用好的音响、合适的灯光来衬托自己的演出。之前我们自己都不相信能做到，可后来我很满意，因为在那些演出中大家释放的东西是一样的，乐队比较同步，挺好的。”语气有些激动的栾树仿佛穿越回到1993年的摇滚时代，这场巡演无疑是当时全国摇滚乐被燎原最有力的火焰。

“我现在还是怀念那个时候，现在没有那种冲动。但那个时候很渴望那种生活，出去演出，想有演出的召唤。一到舞台上就很忘我，一场演出下来人都能瘦个三五斤，我也从来没想过自己怎么了，当时即使是生病，一说要唱，也没有问题。那个时候黑豹乐队的整体层次感、品质、张力、驾驭能力都很好，还有在任何情况下音乐的冷静都让我感动。”

但是，在这场燃起的熊熊火焰中，栾树还是悄悄地退出了“火场”。1994年，退出乐队的他重拾热爱的马术运动，回到马场。他说，“体育运动是一个很直白的东西，第一就是第一。音乐却没有办法评比，现在的PK是很可笑的，因为音乐不是拳击台。”喜欢简单生活的他急流勇退回归到西郊马场，过起了从前渴望的每天有马相伴的日子。尽管有一些淡淡的失落感，但他认为人要去改变的时候，很难去想象接下来可能会遇见怎样的事。“困惑每个人都会遇到，重要的是你心里有一股气在托着你，我喜欢这个东西要为此付出一点儿太正常了。而且，我真的觉得，到现在不管是在黑豹还是骑马完全是我的一种生活方式。之前我做乐手也不是为了要当明星，音乐就是你全部的生活、生存的一种方式。我从5岁就开始学音乐了，可不就是这样的吗。有人认为音乐家做音乐应该怎么样、怎么样，但其实每个人的理解不一样，如果有一瞬间你会想真的不想再回台上去做这样的事情的时候，那是拦都拦不住的。”

作为黑豹灵魂的两位主唱相继离开乐队，这对黑豹来说无疑是一个重创。尽管乐队重组，但每每提及经典作品，依然是《黑豹》和《光芒之神》。提到窦唯的离开，这位老朋友客观地评价说：“从前窦唯离开黑豹也有音乐上的原因，”栾树说，“他想通了他的方向的时候，发现他不喜欢了。人都会有这种自我否定的时候，又想再去尝试另外的方式，这个时候就像两个人过日子一样，两个人没有感情了，还要去做戏是很难的事情。”

随着栾树的退出，摇滚乐的火焰也很快黯淡下来。从1995年之后，摇滚乐坛进入创作低潮。而这时，扎根在栾树马场的“红星音乐生产社”也遭遇滑铁卢。在这个时候，栾树听到了许巍的《蓝莲花》，“那时许巍天天都在我们家，我比较欣赏他，也比较理解他，主要是理解！他就是在某一个时期、某一个阶段的时候比较灰，但我相信他能出来。我是最先听到《蓝莲花》的人，后来，他失踪了很长时间，我就去了西安找到他，告诉他要坚持下去。”

在摇滚乐的精髓里，对自由和纯粹的渴求一直都是摇滚音乐人内心最真实的表达。他们往往更怀旧、更重视情谊。栾树略带唏嘘地说，“可现在人们就是留恋一帮人挤在一个房子里睡觉的时代。那时李彤、文杰住得很远，在南苑、门头沟，我在皂君庙有个房子，很多时候大家都住在那里，晚上回去晚了，不小心就踩到谁了。当时黑豹排练的地方也就10平左右，最早是在香山，最固定的时候是在政法大学，1990、1991年的时候，在学校的小平房里。现在想起来还是很怀念。”当然，在这份怀念中，不得不提的就是唐朝张炬，那个时候人缘极好的炬炬是整个圈子的桥梁。

“当年做礼物的唱片时也是，我前一晚喝大了，晚上做梦梦见炬炬，第二天我宿醉还没醒就立马打电话给佳伟，说我们做这个事儿吧。”而当时，1995年参与专辑的很多人都还没有乐器，吉他、鼓、效果器都是到处借的，才完成这张专辑的。直到10年后，“2005年就好了，我自己有录音棚，一面墙的音响、一面墙的乐器，大家可以随便选，怎么好怎么来。我有自己的录音师、工作室，第二张纪念专辑一个月就做完了，《礼物》我两个小时就写完了。”

正是这样，纪念张炬的两张专辑也恰是摇滚乐坛10年进程的见证。

2

在黑豹高潮期急流勇退，去做当时被视为冷门的马术，栾树开创了国家和私人的首度合作，并在1997年代表北京队获得第八届全运会马术障碍赛冠军。

即便如此，从热爱的舞台走下来的他每在夜深人静的时候还是会慢慢消化这重转变。“我从小受父亲的影响，做的事情都是自己喜欢的事。也会有一些落差，但我那时每天十几个小时都和马在一起，这种时期自己过了就好了。那时我也没闲着，给田震、罗奇、许巍、唐朝在做一些幕后的事儿，还在发挥着各种各样的作用。在黑豹，我们还是完成了当时很难完成的演出，积累了一些经验。后来许巍、田震个人演唱会的时候，我就会把我的一些经验告诉他们。比如说个人演唱会怎么正确地控制自己、怎么抓紧几秒钟让自己的声带得到休息的各种方式，把这些理性的东西告诉他们，让大家很安全，我觉得很开心。我们那个时候全靠自己，我能理解他们的心态。”

旁观几年之后，出走乐坛的栾树重新找到自己的角色，“我觉得我还是能搞定自己的，人是要面对波折和自己去处理的问题。我现在工作起来依然是玩命的，创作这东西永远都没有完美，我总觉得这墙上都是眼睛、都是耳朵，自己觉得有问题就绝对不能放过。作为一个音乐人，状态是一方面，更重要的是质量、音乐的完整性和思想性。为什么我显得低调，是因为我没有时间去跑通告，车轱辘话反复讲，而且最后写的可能完全是两回事儿。我很理解做歌手，有时候要做很多和他的音乐没关系的事。”

市场的不景气加之唱片行业的盗版猖獗让他很反感，他说，90年代起，我们从发唱片开始就跟盗版战斗，到现在还是没结果。这本来就不是音乐人该做的事，但当有人去做时分配又出现问题，给这个社会带来很多的不公平，有损于这个行业创作的原动力。20多年了还没有改变，没办法，所以在当下可以保证高质量、高品质、高产的音乐人来说少之又少。这是做音乐的人最头疼的，自己做的东西得不到正常的回馈这是很悲哀的一件事。

所以，尽量的，喜欢听我们的音乐，就从音乐出发，在这里面如果能有所共鸣、对你有所帮助、能给你带来快乐就很好了。不能说一个人的音乐可以改变任何人，这是一个综合的东西，每一代人都会因为年龄的不同对音乐的喜好也会发生变化。

“我现在仍然很挑剔，我不高产，就是特别希望自己做出来的东西别人能当成一个喜欢的音乐去听，我也不再叛逆了。”

现在，有时间就住在马场的他还在后面院子里种了菜，自己养牛、喂马、驯马。

“弄懂马和搞音乐一样，都非常难。它是另一个生命，有它的思想、个性和习惯。好多东西，人不一定是最聪明的，别的生命会教你一些东西，一种勇敢、安静、忍耐。”

他认为，骑马也得益于音乐，“任何运动都需要很好的节奏感。我喜欢的项目是障碍，要求马在比赛或训练当中，马的节奏保持得很好，这和音乐特别相像。这个交流很有意思，驾驭音乐和马匹是一样的，有的时候是要主动驾驭，但更多的时候是互相扶助。就像我们做音乐，音乐都是应该由心而发，平时可能没有这种状态，但是在音乐工作中，你不管演出、录音、创作也好，那是另外一个世界。骑马就是和另外一个生命在交流，不像我们人和人交流，说你帮我写个和声就好了，但是不能对马说，你帮我把这个跳了，所以需要另外一种方式去沟通和交流。”

“所以，一个好的音乐家或者一个好的骑手都应该具备一个纯洁的内心、好的操守和秉性，这样的话，一切一切，产生出来的事情也好、产生的音乐也好，让人觉得是有灵魂的、是有生命力的。”栾树说道。

除了养马、幕后工作最近一次见到他，是在《非诚勿扰2》的宣传中，“小刚一直以为我是一个摇滚，我把我写的古典、交响乐、摇滚录了一张CD给他。第二天他就说，我有数了，你就准备吧，剧本给你先看看，拍的时候你就来剧场。王朔对我很了解，到了三亚的时候，就拿出歌词了，正好李默在我工作室，小刚也想找一个中性的厚一点儿的声音，然后我说就是她了。她对现场的掌控也很好，恰好导演说不用做的这么干干净净的，有点儿瑕疵好。所以我们这首歌除了弦乐的部分，电声都是同步的方式。到现在我基本上都会用LIVE的方式做，排练就用LIVE的方式把它记下来，当然乐手也得有这么个能力。音乐还是要回到LIVE，不然总是被电脑控制，很多东西都修没了。”

现在开始尝试音乐多元化风格的栾树，也创新了很多自己的作品，但ROCK依然是他的热爱。“前两天，我给奥运组织下的国际业余拳击理事会写了首会歌，这倒挺光荣的，毕竟是第一次由中国人来写的歌。曲风比较ROCK，我觉得音乐就是那么做的，更广的范畴也值得去尝试，对每一个作品，每个人的感觉会不一样。我每年去普陀山拜佛，有一次在拜佛时一抬头的瞬间，突然就听到了我自己心里默默地语言。这一瞬间我很愉快，这种东西就是一瞬间，然后我就写了一首歌，这当然不是ROCK，而是比较偏古典的风格了。因为给你带来快乐的东西或者是好的东西，是来自多方面的。有时让你记得住的东西在一瞬间就过去了，剩下的时间都是在死磕。我原来和几个老哥们儿一块儿聊天，说住在马场该多好，冬天不冷，出门有马看，但是不知不觉地就实现了，现在想这个的时候，你就忽略了这中间的艰辛。”

当下的摇滚市场又好起来了，喜欢实力派的、音乐化的乐手的栾树在录音的时候也发现了不少的好声音。尽管现在很多的乐队，被赋予了各种各样商业的色彩，但整个市场演出忙了起来，他觉得这是一个好势头。“我希望，幕后的人要能够真正地把摇滚乐引导到一个好的方向上去，我坚信摇滚乐在这个社会、人类生活的世界里有它非常重要的地位，因为摇滚本身的世界观、价值观，有自己的很纯洁的定位。我相信大部分真正做摇滚乐的人的出发点都是为了寻找自己内心自由的世界和空间，一旦复杂了就变味道了。我觉得应该是有新的声音要出来了，因为沉积了很久了，大家都在希望有好的东西呈现出来，市场的胸怀是最宽广的，不会拒绝好的东西。现在资讯也很发达，好东西是压不住的。”

说到现在的摇滚市场，他依然还是很有期待，对音乐的热爱让这个“隐居”在郊外的男人从当年那个摇滚斗士完全晋升到现在的音乐绅士。“我们那个时候年轻、简单，那个状态是骨子里有一股劲儿，在歌词里也可以看到真的愤怒在里面，那不是演出来的也不是设计出来的，是真实直接的。我们平时都很少表达，但音乐的本身，歌词当中都有着需要传达的内容，于是就把这个音乐做出来，经过每一天的浓缩，直到搬到舞台上，表达出来。完全赖于音乐本身的语言。

但现在市场也不同了，我发现现在老哥们儿都变得会聊天了，心也宽了，思想更广了，其实这样对音乐的帮助更大。现在这么多的音乐节，大家敢为摇滚乐讲话了，这也是一些音乐人这么多年始终坚持的结果。虽然大家还唱着老歌，但这个音乐的生命力是很可贵的，我还是不断地要为大家创作出更好的，具有意义和生命力的作品出来。”

说完话，栾树站起来吹着口哨走上对面的小舞台，稳健的背影一如从前。

刘索拉
——极端

我认为刘索拉是中国最伟大的现代音乐家之一。她的音乐给中国的音乐界打开了一扇窗，让我们不再徘徊于重复之中，让我们知道音乐中有无限大的可能。很多年前，从我疯狂地弹蓝调的时期开始，她的蓝调音乐就在影响我。事隔十年，当我见到她的时候，却没有和她谈论音乐本身的话题，谈得更多却是当前社会中的音乐现状。

刘索拉老师爽快地谈起中国音乐家的生存问题，“中国的音乐家怎么能有足够的平台发挥，这个问题大家都关心。简单地说，中国需要更多的音乐平台，是为了让更多的不同的音乐方式和音乐家都可以有机会发挥，而不仅仅只有主流的音乐平台。但打造这些平台的前提是，中国需要更多的艺术信息，现在国内可以得到的艺术信息太少了，而且音乐界之间门户之见又特别大，艺术家喜欢提倡自由精神，但是我们必须学会‘自由的自我’和学术上的‘自由精神’，也就是自我开发的自由精神。这种自由精神是内在的自由，不是任何体制可以压制的，是需要人自己去开发的。

有时候艺术家过多地强调‘无限自由’，就是想干什么就干什么，这固然很痛快，但如果脑子不清楚，可能还是在重复陈词滥调。对于音乐家来说，中国需要更多的音乐平台，如果各地政府给了音乐家相对自由的表达平台，后边就要看音乐家本身的自我开发能力了，如果不具备自我开发的自由精神，就是给你了自由发挥的平台还是不知道能干什么。”

何谓自我开发的自由精神？中国现在开始有很多音乐节，能让一些音乐家开始有一些表达的机会。在刘老师参与的很多项目中，也有策划音乐节的项目。虽然目前音乐家在国内的机会还是不多，但也不是没有。“如果音乐家不能够‘自我解放’，哪怕给了你机会，有音乐节可以参加或者一个城市给了音乐家、艺术家开发的可能，而由于其自身不具备精神上的自我解放，有门户和学术上的局限、信息不够，或是拒绝新的信息等等，因为不懂、没接触过或是太难了，就使艺术活动局限在有限的保守的范围内。这样一来，原本音乐节、艺术节是为了各种音乐艺术而存在，但由于节目的局限，使人们看不到更多的新东西，于是平台不过是在重复平庸。中国的平台本来有限，而有限的平台却大多在无限地重复着陈词滥调，这也不能完全怪地方政府，还要怪策划者们的思想局限。其实政府用不着你天天拍马屁，什么样的政府要求百姓天天时时得拍马屁呀？就算每天拍一下，剩下的时间你自己也要有自由精神的开发，有些人不懂、不敢，也不学习或者不想往远了看，于是所谓的艺术舞台就不过是平庸的传播。现在，我们以为开始在引进国外的一些东西，比如所谓的古典音乐，但其实是常常在引进陈词滥调。自我精神的自由，是策划者和艺术家都要去思考的事。一些艺术家撕心裂肺地要呐喊，但如果喊出来不过还是陈词滥调，也显得无聊。自由首先是自我精神探索的自由，这对中国艺术家来说很重要的。”

1

在中国门户之见最强烈的时候，一个从音乐学院毕业的学生竟然去美国学布鲁斯，这在当时是让所有人都无法理解的做法，但刘索拉，却开创了这样的先河。

“我那时候和现在80后或90后的孩子们很像，现在学音乐的孩子们可以大量地接触到各种音乐，包括流行音乐的各流派，而没有所谓的高低概念。而在我们年轻时候这区分很明显，比如在音乐学院毕业之后，如果再去做流行音乐，谁都会认为，音乐学院白上了。我是个很任性的人，想做什么谁也拦不住。1987年的时候我以知名作家和音乐家的双重身份出国访问，听到了蓝调，突然明白了自己音乐中缺的是什么，于是就跑出国外去寻找音乐的‘灵魂’，在80年代的中国，听不到蓝调的。”刘索拉说道。在当时的社会环境中，从所谓高级的古典音乐到去学习流行蓝调，无疑是经历了很多的“争斗”。但艺术家最本质的东西，就是要被一种东西感动，在被感动的同时，是想不到在层次上降低还是拔高了。“地位的高低，不该是音乐家脑子里想的事儿。再说在民间音乐和古典音乐之间，没有什么高低可比的。民间音乐是一切音乐的源头，你能在民间艺术里学到你一辈子在学校也学不到的东西。我看过一本关于美国《蓝调》的书，其中有一段是关于一个60年代蓝调艺术家的采访，他说，有些原本具有音乐天赋的孩子被送到音乐学院去之后回到家乡就不会唱蓝调了。他从音乐学院一出来，就要把谱子识得特别准确，就不会即兴了，对我们来说，这孩子就完了。唱蓝调要有一种本质上的自由，它的基础训练和音乐学院的基础训练完全不一样。在60年代后的西方，通过思想的自由探索之后发现了蓝调和爵士乐的伟大，它们启发了很多学生和知识分子，变成了音乐艺术的主宰精神之一。通过这个例子，你可以联想到中国民间音乐的潜力。但是目前有的中国音乐家潜力很大，却得不到发展。当今的中国民间传统音乐家们，没有得到当地文化机构或学校的正确的重视，民间音乐家可以被启发的自由精神完全没有机会发挥，这也是我从2009年后决定回国做音乐时开始想到的问题。”

2009年后，将工作重心移回国内的刘索拉老师，多次受邀下乡采风。经过许多的地方，刘索拉掩不住失望之意，“我发现在一些地区、有些自由的民间音乐家没有机会进入主流舞台，因为当地的政府文化工作人员不认为他们有资格，认为他们业余。其实他们那种比主流专业民间音乐团体更自由的表达方式，更符合真正的音乐精神。但只要这些民间音乐家有机会被挑进文工团，他们的风格就马上会改变，表演的路子、表情、演唱风格就迅速地被打磨成统一的文工团模式，原有的那种精神马上就没了。当你刚发现一个好歌手，政府工作人员就说，他业余。我想，这真需要我们从音乐学院到地方都有比较明智的文化人能具备某种自由的审美观，知道民间艺术的珍贵在于自由和真实，在于不做作，应该受保护。”

在保持民间艺术这一点上，老一辈的艺术工作者其实更具有审美概念。“在1949年前和早期党的文艺工作者，保护民间艺术的审美概念是比现在的地方政府文工团或文化馆更纯粹的。比如他们没有限制民间音乐家要有统一的演奏或演唱模式，不会鼓励民歌手的半美声演唱法等等。老一代艺术家受到的艺术教育是中国早期现代文化的审美教育，是自由和懂得传统艺术的。比如王昆老师的唱法，我认为是最酷的演唱民歌的方法，从始至终没有造作。但是到了60年代后，全国文工团的审美都统一了，就好像样板戏的打磨，和百老汇歌舞剧有一拼。其实艺术审美是有多种的，不是只一种。这是‘文革’的遗留问题，它使中国人养成一种简化的艺术欣赏习惯，美的标准很单一。不停地打磨制造所谓完美的大众品位，于是作品、演唱、面目表情，都有统一的审美模式。这情况到今天还很难被打破，因为大家都照着这个模式去思想。哪怕是现在，人们以为开放了，西方音乐虽进入中国的舞台，其实还是带着非常陈腐的模式去接受西方古典音乐。我为什么要强调个人的精神意志，因为那是外界不能控制的。如果老简单怪政府、学校、家长没有给自己很好的学习环境，也是没用。当然这前三者是要对未来担责任的，但个人意志有很大成分是个人的事儿。自我概念的自由和解放意识，不是学校教的，学校只是给人知识，只有个别的老师有能力影响学生的精神意志，但自我精神的真正自由的确不是仅学校教育能完成的。”

1949年之后，各种政治运动打破了人对生活的审美习惯。30年代的时候，中国其实有多种生活方式。上海和北京有不同，就像30年代各种小说中所描绘的社会生活，老舍所记录的老北京过日子的方式，张爱玲撰写的上海人的生活方式，在那个时代，文化人有自己的一套过日子的方式，区别于官贾。

1949年后，各种生活方式还都是存在的，虽然那个年代的日子很苦，但老一代有自己的生活方式和各种审美，只不过受到社会变革的影响，而丧失了自我，所以很多生活方式都在消失。我很同情第一代艺术家，他们在最有才能、最有的思想的时候没有机会发挥，只是想着怎么活下来。但是今天你再去让他们发挥、拿出来他们的作品又已经过时。

“我们常说最好的艺术家，是给什么题材都能创作，那是古代艺术家的标准。现代艺术家的最高境界是要为自己的真精神创作。

在某些情况下，艺术为政治服务，艺术家为社会功能写作等等，但大部分时间艺术家的创作是出于思想。一部作品在完成社会功能之外能加入个性的思想，那水平会更高。艺术家如果缺乏思想，就会出现让干吗就干吗，让歌颂谁就歌颂谁，让反谁就反谁的可悲局面。在现代的中国，越来越多的艺术家表现出强大的自我意识，这就是中国的希望。我不苛求老一代的局限，我只希望他们不会因为局限去挑剔下一代，如果从前是悲剧，别再制造未来的悲剧。”

2

“最大的反叛，不是呐喊，不是什么都看不惯，骂骂咧咧，是要从根本上明白事情的根源和知道如何改变它。对我来说，要弄懂所有的事情，中外、高低、所有类型的文化，我都要明白。这一生就是要不断地学和做，喊叫没用，得读书加上实践才能明白别人和自己，包括中国民间和传统文化，我要特别去了解和学习、去懂得。反叛是从根本上的认清，然后才知道怎么在传统上加入自己的思想，而不是彻底的否定。这种意义上的反叛，对于一个人一生来说，也许能做到一点儿，也许根本做不到，也许这辈子只能把根源弄明白了，那也只能这样。”谈到叛逆精神的时候，刘索拉露出亲切的笑容，她的叛逆，也许早已深潜在心里了。

“我刚开始去美国的时候，经历了很大的心理落差。当时我觉得，如果往前走，就别想你原来的成功，不能想你曾经怎么样，好汉不提当年勇。那时候西方对中国的认识是很浅很浅的，我也是对当时的西方现代文化非常无知，那就必须不耻下问，豁出去了，你说我是什么我就是什么，无所谓，我反正就是做一件事儿学一件事儿。我刚刚出国时候，创作的第一个摇滚歌剧就是非常小型的，其实在国内我已经写了大型的管弦乐队形式的摇滚歌剧。但出去以后哪有条件让你写大型的，在国外最流行的就是小型演出，两三个人演奏，两三个人舞蹈。当时我请了现代派的英国哑剧演员同台，做一种新的动作训练和造型，创作的时候觉得应该有舞台背景，但觉得打幻灯贵，大家就建议我自己画，我买了很多细纱布，在上面画中国的山水和中国古琴谱子，打出灯光来纱布是半透明的，看着挺好，有一场身后都是古琴谱子，像徐冰的'天书'。我从小画国画，正好使上了。刚开始经费很是问题，我们先在一个现代舞蹈基金会申请了一笔不大的现代舞基金，后来因为我是从国内来的'明星'，一个英国电视台打算全程跟拍，就给了一笔当时对我们来说不少的钱，大家都说我是占了'少数民族'的便宜，如果是英国人要做这样一个演出，可能也只有用那些基金了。我们在伦敦演完，就开始在英国内地巡演。把道具绑在汽车上，开车去演出，很兴奋，有电视台全程跟拍，到了当地还召开座谈会什么的，觉得自己在做个事儿，但越演越觉得屎……那就是年轻的生命，不成熟，但什么都敢试。"

现在小剧场在国外依然非常红火。"西方的自由精神多是表现在小型演出上，现在仍如此。国内很多艺术家还是讲究越大越牛。最近我们在策划音乐节，有欧洲音乐机构向我推荐一些独奏音乐家，比如一个拉大提琴的女孩儿，一个人带着琴到处巡演。

现在西方还是提倡这种概念，比如乐队不能超过十个人，如果一个人能演一场是最好的。记得我在纽约的时候，听一个日本女孩儿唱佛经，她点一屋子蜡烛坐在地上唱了一晚上，我们谁都没动。她唱一晚上，没人动，非常棒。我在美国也曾经开过人声表演的无伴奏独唱音乐会，这样的音乐会反而会使观众听得非常专注。这是在国外做音乐、做艺术演出的一种训练，你是靠个人的精神意志把观众聚在那里。在国内过多的提倡音乐的通俗娱乐性，我不反对娱乐，但不能把所有的艺术形式都以娱乐为准则。我希望中国的艺术家们将来慢慢地能有巨大的自我创作空间，能发挥大家对艺术的潜能。艺术家可以先从小作品开始做，然后创作大作品，慢慢就能形成自己的风格。一个音乐表演家，你要能够让喜欢你的人不停地看到你的演出就非常好了。”

许多美国的艺术家在SOHO做一辈子都没去过上城演出，他们的紧张度是在自己的艺术里，而国内很多艺术家的紧张度常常是在“有多出名、谁比我强”这样的问题上自我折磨，这其实本不是艺术家应该在乎的问题。美国有的艺术家，在下城有个地盘儿，一辈子都在那儿表演，不去上城演，因为艺术家活在自己的气氛里就足以了。“有些人把艺术当军事了，希望自己是艺术上的常胜将军，众人要为此欢呼，或者要用某种艺术风格击败另外一种等等。这种艺术家的烦恼和仇恨都不知从哪儿来的，其实完全没必要，你就做你该做的和能做的事，有一天你会发现有很多人来听你的音乐，发现你的影响越来越大，然后你开始尝试新的形式或者开始巡演，这已经是成功。在这准备阶段，就是去做一切喜欢的音乐形式，不要休息，一个接一个地做，不停地跟任何有可能合作的人合作，这样经验就越来越多。不要自己整天坐在家里想，为什么没人注意和理解我？这么想是没用的，这也是我为什么强调艺术家自由的自我精神，中国艺术家老喜欢强调大环境的自由，但你没给你自己起码的精神自由，那怎么可能自由？为什么你要停止呢？你停止的时候你已经不自由了！”

刘索拉自己也是一个坚持不停止的人，项目越来越多。“我跟大家有一样的需求，我经常想休息，去度假。但我选择的职业，使我习惯了不停地思考，所以我无法真正过一个假期。我习惯了不停给自己提问，不停找到未知领域。写书对我来说是一个思想的过程，哪怕是小说，也多是在想音乐。我习惯了不停工作或思考，哪怕看起来是休息，脑子还是不停。现在一边在作曲，一边还在做不同项目的策划。比如，我的同班同学、作曲家和中央音乐学院副院长叶小刚坚持做了九年北京现代音乐节，这是中央音乐学院主持的项目，院长是王次昭。今年五月份我建议做一个跨界研讨会，于是和金平教授合作，请了国内外知名作曲家、视觉艺术家和知名学者，来研讨创作。王次昭和叶小刚都全力支持，没想到会议非常成功，质量很高，三天内学生们吸收了大量的信息。后来我听到一些艺术家和知识分子说这样的讨论在中国是应该发生的时候了，艺术不仅仅是去创作，在理论上的研讨也是非常有必要的。如同当年现代作曲家群的发生，看起来保守的音乐学院往往会发起令人意想不到的反叛行为，比如北京现代音乐节本身就具备各种启蒙行为的可能性，明年叶小刚邀请我帮助他一起策划他的北京现代音乐节，我希望可以尽力让这个音乐节接近社会上的年轻人。”也许刘索拉老师的参与将会改变现代音乐节固有的模式，也许让更多的音乐人得到表达的机会，这对众多音乐热爱者来说，无疑是很好的消息。

“国外早就开始打破学院音乐的模式了，而我们还沉醉在旧日的音乐梦想中。从60年代起现代音乐家们就已经开始拿个大桶在那儿当鼓敲了，虽然今天我们会觉得60年代的事情老套，但从那个时候，各种各样的艺术形式都在发生，音乐怎么玩儿都可以，什么都不再震惊，你要自己有想法就往下做，不坚持就马上消失。

而我们还是老在想谁是第一，谁是最牛的，其实这都没有意义。比如我的美国朋友说我开创了一种演唱的先河，说现在美国人开始学我的唱法等等，但我自己说不是这样，我的前辈中有那么多现代音乐家，还有美国黑人蓝调的演唱法，还有非洲黑人的演唱法，还有中国戏曲民歌、印度民歌等等的演唱法，那么多的前辈加在一块儿，再搁一个我进去，才变成了这么一点点儿我的东西。这么长的传统和现代艺术历史，我只要能在里面加个0.1进去就很好了，我学了这么多东西，然后在里面有0.1是我自己的，是我的自我，没必要去强调什么都是自己的，不可能什么都全是你的。其实你要做什么样的创作别先想是否最牛×，先想什么是你要做的和能做到的，很多艺术经典其实都是在有限的条件下产生的，并不在于什么没有巨额就不可能做到精品。完全靠钱堆的艺术品，常是没想象力的。如果你有想象力，在很少的经费或没有经费的有限条件下，也能出精品。很多出色的创意就是这么被逼出来的。”

选择什么音乐形式跟自己的审美有关？如果一个做摇滚的音乐家想跨越自己音乐的局限，有很多可能性。欧洲很多摇滚音乐家在做跨界创作，但这需要你在音乐上打开思想，例如去吸收各种音乐的成分、各种新音色，要懂得各种新音色的美学意义。

“怎么用电声去表达摇滚乐？当今摇滚乐的最高峰是欧美的地下音乐，因为它融合了即兴、现代音乐、电子音乐还有自由爵士成分，这些声音会给你打开局限，可以往前再走但又不用真的走进现代音乐的套数里去。我特别反对搞现代音乐的就不能碰摇滚乐，在国外很多现代音乐家或者作曲家是懂摇滚乐、爵士乐的。那是从音乐专业到意识形态的全面享受，否则的话音乐家自己会觉得少了一大课，不够酷似的。当你和一群懂得摇滚乐和爵士乐的古典音乐家一起工作，那感觉是不一样的，这样的音乐家对音乐的处理和看法是会有弹性的，合作的气氛也不会那么紧张。因为大家都知道音乐的世界是很大的。目前在国内，由于门户之见，做音乐的气氛更紧张，好像音乐也成了和别人叫板的武器。”作为一个艺术家，能够真正地做到海纳百川，有容乃大才是刘索拉老师所期望的。

与刘老师昔日同班同学中的四大才子依然在延续着严肃音乐的创作，“他们的音乐对当今音乐学院的孩子们来说，有很大的启蒙意义，他们每个人的创作风格都是不一样的。现在音乐学院的学生们提起这些作曲家，还是觉得有压力，因为这几位作曲家每个人都很出色，并且个性鲜明，不是仅仅靠上学就可以学来的。在上学的时候，每个人的音乐是什么个性，就已经很鲜明了，尤其是郭文景、叶小刚和瞿小松，在大学二年级的时候音乐中的个性就已经拦不住了。我借这个机会提一下我的老同学周龙吧，他一直在安安静静作曲，终于，去年的一部歌剧《白蛇传》，非常的优秀。我当时听了前五分钟就说，这是里程碑式的作品，果然，他得了普利策作曲奖，我真为他高兴。”

对于昔日同学评价颇高的刘索拉老师也直言不讳地表达出自己的“极端论”。“我之所以和他们不同，这和我的性格有关，我更喜欢极端的生活方式和创作思维。80年代在美国听到蓝调，为之感动，是因为在那种极端的情感方式影响下对旋律的处理方法。90年代，又被地下音乐和自由爵士打动，也是因为在那种极端的人生观影响下的音响处理和器乐化的音乐发展手法。我曾经在柏林策划过名为‘反叛者音乐会系列’的项目，使严肃的大音乐厅里第一次坐满了穿皮衣剃光头和文身的观众，我看着很高兴。虽然在前几年，我回来和严肃的现代乐团的合作，创作了融合现代音乐和流行音乐风格的歌剧《惊梦》和具有中西方古代音乐和现代音乐风格的歌剧《自在魂》。但是我多年的极端反叛的音乐概念，哪怕从最平静的作品中还是能听出来。比如前几个月为无印良品唱片改编创作的钢琴组曲‘大胡笳’，是用古典音乐的赋格技术写的，我追求的是复杂的钢琴织体但极端平静的声音，完全不煽情。艺术的极端不见得是煽情，比如中国古代音乐就有很极端的东西在里面，古琴一声响，可以用chill字形容。”

中国艺术家的缺陷就是想说的话特多，但是在台上放不开，放开得有个过程，最后就变成光说话没作品了。刘老师认为，“搞音乐就应该多在台上见，说大话和发牢骚都没用，只有真在台上的时候，能撒开，淋漓尽致表达有自我个性的音乐。对于中国音乐家来说，往往需要一个撒开的过程，因为中国人的性格、生活方式、交往方式、社会局限，没有给人彻底放松的条件，所以中国人善于思想，而常常在思想和动作之间有很长一段身体距离。所以对中国音乐家来说，如何放松，也是一个课程。突然，在一瞬间，你撒开了，然后天高地广。”

也许当我们真正领悟到艺术根源的极端性时，我们才能懂得那一刻的“撒开”，而刘索拉老师也在继续为这一天创造平台。

唐朝老五

——生命在继续

90年代初，除去老崔的高歌猛进，中国的其他摇滚乐队也在风生水起。1993年的中国出现了一支使国人不得不为之疯狂的乐队——唐朝乐队。1993年出现了一位使我们不得不为之敬仰的人，他就是“中国最伟大的吉他手”，一代人心目中的吉他英雄——唐朝老五刘义军。

“人生就像一个大的卷轴，我们花十年、百年的时间，展开十米、百米、千米……的卷轴，你的色彩也随着卷轴的展开而自然跃动，这就是人生过程”，难以想象，这是二十年后坐在我对面的老五所说的话。

我跟老五曾在90年代初有过一次接触，那是在五道口的一个酒吧里，那里经常有地下摇滚乐队演出。常在那里演出的乐队有“子曰”和“红烧肉”等乐队。记得那天在酒吧演出的乐队很多，来的人也多，把本就不大的地方挤得水泄不通，使人难以呼吸。演出进行到一半时疲惫不堪的人群突然开始骚动起来，在我正想探明究竟的时候，听到旁边有人低声说着：“老五来了，老五来了。”

起初我有点不相信，但还是随着人群的目光搜索着，希望他们说的是真的。果然在舞台前面我看到那个既熟悉又遥远的身影，老五真的来了。他手里拿着瓶啤酒微笑着跟前来和他打招呼的人说着什么，表情自然随和。我本想挤过去打个招呼，却总是被骚动的人群无情地阻挡着。直到最后要散了的时候，我才在门口碰到了他。我那时的心情既兴奋又紧张，问他唐朝第二张专辑何时能出来，他看了看我笑着说：“不知道。”然后转身消失在了夜色中。

可我还是在怔怔地望着他走的方向，心里涌动的全是《太阳》的旋律！

记得初听唐朝第一张专辑的时候，我还是中学生，刚刚开始弹起吉他，总是在学校里炫耀。有一天一个高年级的家伙来找我，手里拿了盘磁带，对我说：“你别瞎臭美了，你要是能弹下这盘磁带里的一首歌，我以后就服你，要不以后你就别在我们面前弹琴。”

我于是买了他拿的那盘磁带，原想应该不会那么复杂，可一听我就傻了，这里的吉他哪是我一个初学者能达到的，对于当时的我来说，简直是天方夜谭。但性格的倔强还是让我拿起了吉他开始扒带。我最早扒的歌就是《太阳》，不为别的，只因我被那带有新疆风格的旋律深深吸引并打动着。我是多么希望能从我手中把它弹出来，为此我扒坏了两盘磁带。当时的老五在我们心中如同神明，我心里早就埋下了跟他好好聊聊的想法，没想到这个愿望让我一等就是16年。

2011年一个户外的下午，我又见到他。现在的他还是保留那头长发，瘦高的身影走在人群中，依然还是那样的洒脱。

落座的老五在我对面翻着手机微博，因为母亲离世，这位吉他大师已经很久足不出户，为了缓解情绪，他开始每天在微博上和老朋友们调侃几句，“我已经沉默了太久，现在上上微博，体会一下，我得提起我的小金箍棒儿，哈。”老五笑道。

说起现在的生活，老五比从前仿佛多了些艺术家范儿，自从在官网和微博上曝出自己的绘画作品和装置艺术作品之后，艺术跨界已经成为他被大众关注的新焦点。

“我喜欢线条，喜欢从生活去体验一些我认为经典、唯美的东西，然后转化到自己的血液里来，这是自身的营养，也是和大地的一种交换，人是要接地气的，当你感受到这一切，你的内在也会发生变化。”他说，“对于跨界艺术，我就是平常心，做些本分事儿，淡淡的，简单就行。”

听到老五的平常心，让我觉得人生就是这样一个过程，你不断发掘自己、合理运用，然后找到意义的所在。老五说，相比从前的日子，他更想感受当下，在他看来，现在是一个中国文化重新崛起的时代，许多的新想法和创意能够有机会去实现。

这让我们充分感觉到现在的老五已经和从前不同，从前那个在舞台上神采飞扬、霸气十足的老五，在时间的历练下变得更加的开阔与坚毅。

1

无论是音乐、绘画还是写作，现在都已经成为老五血液里的一部分。他说："人生是一个大卷轴，我们花十年、百年的时间，展开十米、百米、千米……的卷轴，这就是人生的过程，你走到一个阶段，卷轴里的色彩画面就自然流露出来了，你就会去感知这些颜色，就会去创作，这个意识是随着卷轴自然展开的，它完全从心里溢出来，音乐是表达的一种，绘画也是。"

回忆起这些年，老五说他的第一次意识转变就在30岁那年，在生日前后一周，处在小平岛排练第二张唱片的时候，老五开始领略到一些变化，他开始慢慢地排遣心中原有的障碍。他说："就像杯中水，多了，自然溢出，下意识地表达出来，这是一个整理自己思维的过程。"于是，他对于音乐和跨界艺术的喜好一发不可收拾。

从90年代初的第一次拿起画笔，老五就与绘画结下不解之缘，到目前为止已有近两百余张绘画作品。他在绘画的喜悦中遨游，没有任何概念的束缚，这也是很多当代艺术家所极力追求的自由状态。他觉得绘画是一件令人愉快、养心、养神的事。2009年首次被邀请参加上海当代艺术馆举办的艺术展《无界》，把新媒体和绘画、音乐合二为一，与其他人不同的是，别人的作品都是绘画或音乐中的一种，只有老五高度地统一了自己的绘画和音乐，作品备受关注，好评如潮。他说："绘画和音乐一样，不能做得很累，这都是你内心的需要，一旦被消费，概念就变了。绘画、音乐、诗歌这些都是相通的，没有边界。”

这时，老五回忆起1994年去德国演出见到诗人顾城，“他很拘谨，带一个小白帽子，看到他，一些往事都涌起来，我们原本失去了这些记忆，但这次见到反而又创造出一些新的东西值得回忆。见到他，我们聊起从前的生活，当我们还是几个大男孩儿的时候，在一起经过那个肆无忌惮的年代，谈到他在德国的日子和诗歌写作……这是一些生活片段的美好回忆。”

跨界亦是相通，对于老五来说，最得心应手的莫过于将生活的领悟化为音乐。因为音乐原本就是他血液中贯穿的东西。这在他少年时代就已经显现出来。

1978年的一天傍晚，当时还是一个年轻男孩的老五骑着自行车经过路边，他听见一阵美妙的声音从远处传来，寻着声音走过去，随着空气中的吉他声越来越近，他开始觉得路却越远，“这条路真的很漫长，现在看来，这条路我整整走了35年，而且还继续。从发现那个声音，到我的今天，到此时此刻，很漫长。”那是老五第一次接触到吉他这种乐器，他走到发出乐声的吉他边上静静地听着，谁也不曾想到站在路旁的这位少年日后竟然成为中国的摇滚英雄、吉他大师，但那个傍晚，是老五人生中的一个充满情感的奇妙融合——心灵和吉他。

“我听到的第一张磁带是The Doors，当时我们还在北京走穴演出，广州一个乐队的朋友说，你老喜欢这些稀奇古怪的，我有个磁带听着觉得奇怪，也不知道是谁的，拿给你听听吧，他拿给我的时候我并不知道那就是The Doors，但那是我第一次听到摇滚乐。”老五感慨地说起The Doors，在那个年代，西方的摇滚乐还未进入中国，各方面资讯极其匮乏的年代能听The Doors无疑就是异类，但是好音乐的共通性毫不费力地叩开了青年人的心门，两年后他再去朋友家玩儿，朋友又给了他一盘Edie Van Haler的专辑，Edie Van Haler的吉他深深地震撼了老五，第一次听完之后他就把磁带收在了枕头底下，没有再听，直到一个月以后，才再次拿出来，疯狂的“扒”那盘磁带。老五说，“我感觉那个时候门就打开了，中国和西方音乐的墙被推到了，世界突然变得宽广。”“有那么三年的时间，我每天练琴超过十五六个小时，那个时候我还住在高旗家，还有卫华，每天三个人在家练琴，非常疯狂。后来还组了一个‘白天使乐队’，演出的时候穿着白袍子，这在我们最初的音乐生涯里都是很美好的回忆，当时乐队的成员有程劲、王迪、冯满天、臧天朔、刘君利，后来因为乐队的刘君利去了老崔乐队弹贝斯，乐队就解散了，解散的时候，我们几个人凑在一起吃涮羊肉，还抱头痛哭了一场。”

乐队解散后的老五经常去“马克西姆”玩，碰见很多当时的圈内人，也正是在这里，他无意中和几个欲组建乐队的音乐人聊起摇滚乐和Van Haler，他们向他推荐了丁武。就是从这时开始，中国摇滚史上最著名的“唐朝乐队”开始逐渐成形了。

“唐朝的第一张专辑确实是四个灵魂在一起碰撞出来的作品，是我们四个人状态最好的时候创作出来的音乐。”他说，“我很怀念当时的日子，我和丁武、老赵、炬炬四个人每天就是充满干劲地凑一起玩儿，那时的创作是自然地发生，来自四个人的碰撞，一高兴一张专辑就出了。”老五沉浸在回忆中，语气颇为感慨。

第一张专辑的白金销量和在中国摇滚界的地位也无不肯定了四个人对音乐的贡献，也是这时，老五开始思考音乐的方向性，“音乐和人的环境是有直接关联的，看国外的乐队到中国来演出都是点缀，主要是，音乐应该来源于我们真实的生活。我当年和黑豹的李彤，吉他手曹军几个人一起坐在火车上，大家一进车厢不聊别的，见面就问‘你今儿扒什么曲子了？’或是‘我今儿扒了个新的，你听听……’然后就开始弹了，那个时候大家最大的兴趣就是关注音乐和乐器。”老五说道：“当时的生活多好，真诚、简单，就是玩儿，互相之间没有任何障碍，交流的空气都是像蓝天那样清澈透明。但到了后来就有区别了，音乐开始出现分配制度，炬炬的离开使得乐队在交流上出现了一些障碍，我们之间的关系就好像出现雾了，人也变得阴冷。第一次离开乐队之后，我自己又写了一张专辑《再度归来》，在这张专辑里我找的都是一些没有的东西，抛弃电吉他，不用贝斯，现在拿出来听仍然还是有所收获。”除了离开乐队的领悟，专辑《再度归来》中不能忽略的是老五对音色的重新理解。他内心对自我的认知无疑又打开了新的一扇门。

其后在小平岛和自然的亲近中不断转变的老五觉得自己一下找到了根基，“从那个时候起，吉他在我的心里面不再叫吉他，叫弹拨乐器，我觉得找到了祖先——是心的律动，是中国五声音律的韵。我尽量回到古琴7根弦的动态，就在我生日的前后一星期，整个世界都变了，我也变了。当我再去听我过去所崇拜的吉他手Steve Vai、Young Wei等等时，已经不再是我所要的了。于是我推翻了很多我曾经学习的东西，为了找到自己的答案。在那之后的半年里，我都不再弹琴，到目前还是回归箱琴，我觉得我该用自己的语言说话。”

那个时候，在中国摇滚乐中，唐朝乐队正是巅峰期，在那样受追捧的时候，能够这样去思考的音乐人并不多。而老五认为这是自我使然，他说，“那时候唐朝正被推到风口浪尖，但越是这样越需要冷静，就像太极，要给自己反思和提问的过程，那个时候的我到哪里就一闷，扎下去也不多话。”他说，“我也有迷失过，但这是从一个阶段走向一个阶段的过程，这也是第一次离开乐队的主要原因。往前走的人很辛苦，深一脚、浅一脚地试探，跌跌撞撞的，很艰难。”

老五认为虽然自己身处摇滚圈，却发现这只是一个形式，而且还不能拒绝这个形式带来的所谓荣耀，矛盾就此展开。“对音乐，我热衷即兴的东西，即兴创作是能摸得到空气中波纹的最近的东西，就好像咱俩上台就开始玩儿，在这个最近的距离，这个当下中互相融合，我喜欢这样的创作。第二次离开乐队就是因为这个，大家玩儿到最后就变成写歌了。当你自己没有动态的时候，怎么会让别人有动态呢。如果是台下的人想听什么就演什么，那这已经和音乐无关了。”谈到这里，老五甩了甩他几十年如一日的长发，说了句“无聊”。

2

二十多年来老五见证了中国摇滚乐的起起伏伏，也看到新一代摇滚人的生动。在老五的概念里，中国的乐队更像家常菜，用自己的材料和体验来创作才会更好。

“我觉得音乐和当代艺术，这些都在缘里面、在道里面，不用刻意，时候到了，就会自然产生‘哦，我就做点儿这个或是那个吧’的想法，同时，你会发现我还能做点儿什么，这也挺好，不要天花乱坠给自己安点这个‘家’那个‘家’的，甭起这范儿。就是我能做点儿什么就做点儿什么。”

这些年老五也不断地在音乐上做出新的尝试。2010年，

他第一次在平遥古城墙上做了吉他和交响乐融合的创作演出，他认为这种音乐上升的空间还很大，“我喜欢那个活动，在平遥古城的城墙上去感受一下空间的东西。这让音乐又出现了新的可能。”

也许正是这种对音乐的热爱和执着让如今的老五依然保持着每天练琴超过6小时的生活习惯，老五说，“弹琴，是你和空气之间产生的融合，箱琴和电吉他之间的关系就像话剧和电影，需要有很强的功底，人对音乐的纯粹理解、想象力、洞察力和修养都会在箱琴上清晰地显露出来。”曾经以桀骜不驯的琴韵和精湛的技艺征服整个摇滚界的“中国最伟大的吉他手”老五如今淡泊的心境令人惊奇，他对音乐、艺术的认知远远超越了吉他本身。

“我崇尚智慧，它是我的邻居。我现在也做一些艺术作品，不过还没有好的条件，有很多装置都没做，把想法先留着，等到一定时候把它们做出来。我希望尽量轻松，生活简单化。艺术融合的时代会到来，也会过

去，它的价值是让人发现新的自我，让文化上升到新的高度。每个人要体验当下的东西，用最快的速度来记录你当下的语境，回头再看的时候依然是鲜活的。在音乐上，我想回到最初的箱琴，因为箱琴音色更清透，也更犀利。”

正在准备个人新专辑的他对于同样是摇滚人的窦唯推出的专辑《口音》，老五在微博上也积极地为其转载做宣传，他认为大家应该多鼓励做音乐的人，“现在的音乐人之间互相鼓励得太少。其实本来是很好的缘分，往往因为一个意识、一个观念、一句话就损失了。”现在的老五，已然超越了曾经的自己，他说，“现在应该多让年轻人出来，国内优秀的人很多，在坚持自己原则的同时鼓励新人。老哥儿几个有的是该做的事。对于今后，还有一大堆事儿要做。就一个小坑、一个趔趄地扛着往前走吧。”

“生命就是一个去掉小节线的过程……融化一切障碍。”老五淡淡地说着。

李延亮

——音乐、吉他与我纯真永在

20年前，我是一个学琴的少年，他是“超载”乐队的吉他手。

如今，他已然成为中国音乐界跨风格的知名职业乐手，我也有幸再次和他长坐深谈。

从前，沉浸在吉他晋阶中的我俩很少聊音乐之外的话题，再次相聚，才发现这些年来我们俩都已经改变不少。如

今的亮子作为中国第一个职业、全面的吉他手，跨步编曲、当代艺术、与古典乐器合作、演出、唱片等等专业领域，均被广泛认可。

我很好奇这背后，需要投入多少时间和精力？但他却只说，这是性格决定的。

1

小时候的亮子，暑假时在路边听到别人弹琴，就去向弹琴的大哥请教，从此与吉他结下不解之缘。不过，当年的大哥也许不曾想，就是那样的一个偶遇，成就了现在出现在各种舞台和CD中的职业乐手李延亮。

“当年，学校的同学们都弹吉他，它是我们那个年代人的主流乐器。到后来我去当兵，部队还专门把我送到江苏省歌舞剧院跟于本善老师学吉他，虽然那主要是古典风格，但弹吉他的天分也很重要，器乐比

声乐更难，达到同一水平线上就很难上升了。更何况像现在，还要跨风格，还要创作。”回忆起从小学吉他的过程，平时比较沉默的亮子开始话多了起来。

“我觉得，做音乐不管你做到哪种程度，完全取决于你的性格。我的性格就是可以包容很多的人和事物，愿意和各种各样的人接触，可以和他们融洽，去学习他们的长处，去包容他们的缺点，这种性格会影响到你做音乐的观点。很多愤青经过这个阶段的时候会比较极端，他们认准了一个东西，一种音乐风格，对其他的就开始产生排斥，觉得其他都是垃圾。我性格恰恰不是这样，只要好听的东西都会喜欢。”亮子认真地说道。仿佛在他看来，这一切都是自然发生的。他从14岁开始接触吉他，单单是被吉他的声音吸引，从就觉得吉他好听出发，想法简单纯粹。

亮子接触最早的是流行音乐，从中国台湾、香港的唱片，开始过渡到摇滚乐。当时正是崔健的《新长征路上的摇滚》最火的时候，而亮子的年龄也恰好处于每个人都会经历的叛逆期，这个青春少年迅速成为摇滚乐的追从者，从国内蔓延到欧美的摇滚乐。他认为这就应该是他最爱的音乐。但他却并没有因此而排斥流行乐。

“来到北京之后我加入超载乐队，但做摇滚乐队的时候我也不排斥流行音乐，我觉得只要是真诚的东西它都是有存在的价值的。在摇滚的时期我和他们还是不一样，我一直觉得我和纯的摇滚音乐的人不一样，很多观点我也不完全认同他们。我不会觉得很羞涩地在他们面前谈论流行乐，我觉得那也很好听，这就是性格。”

正是这样的性格，让亮子在做摇滚乐的时候，也跨界做了很多流行音乐，尝试了很多其他的风格，从羽泉、韩红、水木年华的唱片中都可以听到他标志性的吉他声。“我跟他们做流行音乐就是这样，我并不把自己单一定位在摇滚乐手的角色，而这些歌手也是同样，他们做这种音乐也是跟他们的性格、审美、品位、爱好等是接近的。每个人都会有心里的歌，做出来的音乐肯定就是自己的风格。各种各样的人都存在，这个世界才是丰富的，才会有这么丰富的音乐。”所以，今天，我们可以从200多张唱片中听到亮子广泛跨界、跨风格的作品。

“从左小祖咒的第一张唱片起，我就参与弹吉他，到后来，他比较满意的《我不能悲伤地坐在你身边》那张专辑，里边最主要的歌也是我给他弹的，我们很早就认识，当时的左小祖咒是穷困潦倒的，他对我说，‘亮子，我非常想做一张品质上很好的唱片’，我想，他有这种概念是很好的，至少是有追求的。我希望能用我的力量去帮助他达到一个高度。那时他也没有钱，我就去免费帮他弹，对我们来说，音乐是比任何东西都有价值的。那张是左小祖咒比较有提升品质的一张唱片，过了很多年，现在听起来还是很有水准。这些事情，现在我自己想起来也觉得很快乐。”亮子轻松地说着，但我能感受到这些事情背后真正音乐人的价值观。

“在流行音乐上，我认识羽泉是从没有‘羽泉’这个组合开始，从一起做第一张唱片到现在还是在合作。跟他们接触，发现他们极其自然，我是推崇自然的，因为你要是在音乐里骗人，很虚伪，别人一听就听出来了，那不是你心里的东西，你也不可能去触碰别人的心灵。而他们也是表里如一的、自然不做作，那是他心里的歌。认识一个人，从他们的为人到音乐，我都喜欢自然的。那200多张唱片，都是受邀参与，我很感谢这些音乐人对我的信任。他欣赏你的东西，让你来帮他做他的唱片，这是很高兴的事。”

回顾过去的几百张唱片，亮子超高的产量让人称奇。连他自己都觉得不可思议，“因为我没那么多包袱、压力，那么多极端的概念，一切从自然出发。所以，一路走来我自己回想我原来的事情，听之前录的唱片，看看演出视频，我自己也会觉得我怎么有这么多的能量去做这么多事。”

2

其实，无论是哪种音乐，它的生命总会牵起人内心的记忆，这种无限的生命力是其他东西都不能超越的。之前翻出“超载”的唱片重听时就有这种微妙的感觉，有一种音乐和一种声音能让人瞬间回到过去，不用任何想象。它记录的是生命和成长轨迹，你一听到这种声音，那时候的气氛就回来了。

而那时候的亮子也在经历人生的改变，“‘超载’是我生命中最重要的事，几个志同道合的人碰到一起做乐队，是非常有缘分的事。我们当时喜好都是差不多的，对音乐的品味和理解也很相似，后来乐队的转变，也是一起发生的转变。当时我觉得高旗除了唱金属很地道之外，唱情歌也很好，于是我们在第二张专辑就做了一个新的尝试，得到了很多认可，但对那些金属迷来说，就会觉得我们放弃了原来的风格。不过，我做过的事情都不会后悔，人的一生是有限的，一辈子做十张金属唱片，我觉得太不过瘾了、太不刺激了。其实，摇滚乐在中国还没形成体制和传统，不像欧美的摇滚乐分门别派，从理论到经典全都有。中国还是一个非常有空间的状态，何必那么保守呢，中国人做音乐是中国的感觉，完全可以和他们不一样。”亮子说。

“我和高旗的合作会产生化学反应，还有许巍，就是这世界上有两种乐队和音乐人，有一种他们俩互相碰到一起不来电，做出来的音乐没有灵性、没有上天的祝福，这样的话，也许做了一辈子，也可能还是很平庸的乐队。而另一种人碰到一起，根本不用刻意，甚至不用过脑子，我弹、他唱，一下就有作品出来了。这是缘分，是上天祝福你的东西，也是怎么培养都得不到的东西，这种组合会让你的事情事半功倍，让音乐充满灵性，我和许巍、高旗就是这样。”不仅仅是合作，亮子的勤奋在业界也是有目共睹的，他的三张个人唱片也获得了大家的认可。

“我的第一张《火星滑雪场》完全就想颠覆一些传统的东西，我一个人就用一台PC完成了这张唱片全部的工作。我当时就想看看自己能量有多强，就当是玩儿，也顺便想打破一些传统。在录制中都没有用到真鼓，全是电子鼓或是用电脑来制作的，我的这张唱片，先不说音乐是什么，至少是带给大家这种方式。这种DIY的方式，把心里想的音乐做出来，因为一张唱片越多人参与越不纯粹，我就是想表达自己动手的意思。让大家发现唱片还可以这样完成。第一张专辑出来之后去全国做了一圈琴友会，当时虽然是收效不错，但大家都会有些遗憾，觉得应该再唱两首歌才好。因为琴声毕竟不如唱来得直接，后来我就在琴友会的后半部分加入两首歌，大家觉得也很好。”其实亮子本人更喜欢琴声胜过唱歌，因为他觉得琴声相对人声更为含蓄，带给听众更多的想象空间，歌词一出来就会具象，会冲毁音乐带来的灵性，而弹琴更内敛。

“不过为了配合唱片公司来做，就唱呗。当时我做的事情都是对中国的吉他手来说是首破先例的，让大家知道，除了歌手，吉他乐手也可以发这样的唱片，做这样的LIVE。我当时也会配合公司去上电视做些节目，并不觉得恶俗，我觉得至少推广了我的音乐。在国外就有除了唱之外，一百多种形式的唱片供你选择，但中国还没有。所以，不管别人喜欢不喜欢，得让更多的人知道，这种方式的存在。”

翻出三张唱片，亮子介绍道，“我第一张唱片的内页最中间有几个字叫‘爱是永不止息’，第二张《SUPERSTAR》、

第三张《梨花又开放》都在延续这个主题，就是所有的一切都化为一个字，就是爱。我觉得你的音乐如果不去传达爱，不去传达积极的东西，那是没有意义的。你可以在青春期去迷恋死亡金属音乐，但它不会给你带来很多有意义的东西。我以前也疯狂地迷恋死亡金属，但有一次我看《阿甘正传》，其中有句台词，阿甘妈妈对阿甘说，‘死亡是生命的一部分’，当时这句话给我很多启示。当生命中真正的颓废消极的东西来临时，你会想着远离它们。一个正常人不可能没消极的时候，我只是不去过多表达。我的音乐都是很积极的，有个中国台湾朋友曾对我说，‘你的音乐好阳光啊’，我说对，我就希望我的音乐会让人打开天窗，把人心的死角、黑暗都照没了。当然，这也和信仰有关，像国外的音乐家和信仰都是有关系的。U2乐队就是信仰上帝的，他们的音乐就是传扬神的爱。

而我的第一张唱片就是把我的价值观、我对时间的理解，把我想表达的都表达出来了，‘永世降临我不悲伤’就是这个意思。”

发完三张唱片，亮子觉得很累，打算休息一下，但没想到，这一歇就歇了五年。在这五年里，亮子又和数位不同风格艺术家跨界合作。这也再

次证明了亮子这种自然随意的性格，从未将自己定义、禁锢起来。

“还是回到性格决定一切，完全是我的性格把我造就成这样一个人，如果换一个人，如果性格不是我这样，他坚守自己的信念也会不同。当然，我也是坚守我的信念，什么时候我喜欢什么，我就表达什么。我觉得最重要的是要保持一个孩子的童心、纯真常在、永远对世界充满好奇。我小时候听刘欢、那英他们唱歌，现在能有机会跟他们一起演出，是很有趣的事，我不会觉得我是一个摇滚乐手，就不去玩流行音乐。流行音乐也是有内容的，也很好听，也不那么容易。在流行音乐里我也是追寻自然，这样我的琴声才会在音乐里和谐并保持自己的味道，你不管跟谁合作不能失去你自己。”

在中国做摇滚乐是不容易的，要坚持下来非常难。在新一代的吉他手里，亮子觉得也有很多小孩儿都不错，他认为乐手是什么喜好，音乐出来就是什么风格，这也是摇滚乐最伟大的地方。他说，他们坚持他们的风格，而我坚持自己的，这不用对比。

“从专业基础上来看一种是职业乐手、一种是摇滚乐手。摇滚可以不识谱，但是给他一把吉他，他就什么都有了。而职业乐手就是需要更多专业理论常识和各种风格演奏技法，他才可以驾驭任何风格的音乐。我发完第三张唱片之后已经五年了，未来我还是希望把自己的唱片接着往下做。”他说。

十几年前，我也曾和亮子彻夜长谈过，当时的他对我说：“艺人一般也就火五年。”而现在的亮子已经十六七年来一直在保持上升状态。对此，亮子说，“那个时候的我刚刚入行，什么都不懂，会听到一些前辈讲的东西，这并不是不对，但当我自己去发现的时候，我走了一条和他们不同的路。也有朋友跟我聊起，说那会儿一起弹琴的人都去哪儿了？现在，留在最后的人，才是真心爱音乐的人，而我想了想，也确实是这么回事。对我来说，如果要把它当作事业来做的话，没有什么比音乐更让我有兴趣，如果说做别的行业，以我这种性格，我也会把它做到极致，但可能不是我的最爱。到现在，我觉得人要学会去感恩，这一切都是命。”

把音乐当作最爱、把自我的风格融入创作、感恩命运！这样的坚持造就了中国第一职业吉他手李延亮，也造就了在王菲演唱会上风头盖过主角的舞台之王。但亮子依然低调地认为人人都有比你强的地方，你要是有智慧，就去从他那里把他的好东西拿过来变成你的。

“我觉得人人都是你的老师，可以不用去认识他，只听他的音乐就可以学到很多东西。”亮子说。

摇滚经理人郭传林

——摇滚的锐意

在中国摇滚乐坛，有一个人不得不提及，他就是郭传林。直至今日，圈内只要提起郭传林，无人不尊称一声四哥，因为他所开创的黑豹时代对中国乃至整个东南亚流行乐坛的影响都是深远而极具意义的。

其实早年，四哥也是个吉他手，他是最早跟着刘晓庆走穴乐队成员之一；成立乐队之后，他是中国第一个私人文工团负责人；摇滚崛起，他又是国内两大传奇乐队——黑豹乐队、唐朝乐队的引领人，并创造了国内首张黄金销量唱片——《黑豹》同名专辑，至今无人超越。

1

在我还是个中学生时，就听说过“四哥”的大名。那是我在凤凰卫视的一个节目里看到了介绍“黑豹乐队”的纪录片，当时我也是第一次知道乐队经理人这个职业。在我最初做乐队的时候，也是无数次听圈里人提起四哥的事迹，他每一次大的动作，举手投足无不成为音乐界谈论的话题。我也曾无数次地梦想能得到他的提携和指点。命运就是这样的捉弄人，在你想得到时往往得不到，在你准备放弃时它却来敲你的门！2005年在我最困惑无助准备放弃我钟爱的音乐事业时，恰巧认识了四哥，也是在他的鼓励和帮助下我决定了坚持下来。直到现在，每当我遇到困惑和难处时也总是第一个想见到他，想看看他坚定的眼神，也想听他讲讲过去的那些事情。“那个时候，我特别敢干，经历也很多，在文化局写检查、被安全部追，什么事儿都有。当时黑豹出来也是完全在我的计划之中，早前我看了一本叫作《世界之窗》的书，介绍美国的一个乐队经纪人。正是这个时候，北京台要给我们拍个纪录片，那时候我自己也是吉他手，中间我成立黑豹乐队，做经纪人。为了记录这些摇滚乐坛的事件，他们就把本来拍好的片子又打乱，很多都重新拍了。”

正是这部纪录片，不仅记录了中国摇滚乐队的开创史，也是四哥身份转换的一个见证。对于那个不安的年代，四哥开始一一道来。

“我是什么都赶上了，出生就自然灾害，小学文化大革命，中学毕业插队，是倒数第二批，插队两年。回来算是正式分配到汽车公司工作了。因为我很早就开始学弹吉他，当时北京成立一个环保艺术团，我一个朋友知道他们正好招人，就推荐我去。去了之后乐团比较满意，但工作不能轻易调动，后来乐团想了个办法说可以开证明给我从汽车公司借调出来，工资还在汽车公司，没想到刚好赶上‘资产阶级自由化’，单位还给我画漫画儿做了个展览，说我资产阶级自由化了，就给我开除了。”

四哥笑着把青年时候那些曲折一带而过，开始整理起和摇滚乐坛有关的思路。

“80年代，摇滚乐是一片净土，大街上见着长头发的，基本上都打招呼，大家都认识。那个时候人都拼着命地创作，都想在音乐上能做出个成绩来。虽然大家经济比较困难，但开个Party都巨认真。因为80年代大家生活水平都差不多，也没有太大的奢求，脑袋里没有那么多想法，大家只追求精神，对钱不那么看重。早年我也弹吉他，当时我哥是《大众电影》的记者，和那些艺人都比较熟，我就经常给他们伴奏，跟得最多的是刘晓庆，四处走穴演出。那个时候我家就是一个点儿，谁都去玩儿，北京搞音乐的基本上全都去过。”四哥说道。

1986年，北京电视台编导杜培华受到聚集在四哥家的一批人的影响，开始策划以此为主题的纪录片，按四哥的回忆，当时的时评是这么说的："反映北京最早的一些'不务正业、自由散漫'的弹吉他的人。主要讲改革开放之后，北京的一些年轻人已经不遵循参加工作、等分配的老路，他们打算自谋生路的故事。"

四哥又回到了二十多年前："最早，我先认识的丁武，那时候他是刚刚从北京工业美校毕业，分到北京服装二厂，他个子高、头发也很长，工作单位在西单商场后面，我家也住在西单西槐里胡同，一帮人老在我家玩儿。后来杜培华来找我们，说你们这些年轻人成天在这儿音乐声不断，你们自己有什么想法吗？我们就和他聊，我说就想做个乐队吧，他听了很有兴趣，就商量说给我们拍了一个纪录片。当时参加拍摄的人挺多的，后来片子拍完之后，在北京台播放了。那个时候电视本来就少，再加上这么个片子，大家天天地盯着看，然后就引起了轰动。播出之初，就被北京大兴的一个沙棘饮料厂的厂长知道了，他是一个酷爱音乐的人，他就说一定要把姓郭的、叫作郭传林找到，我要给他投资弄一个文工团。"四哥说道。也就是这样，四哥开始了他的经纪人之路，从一个乐手，到打理乐队上上下下的事务、采购设备及演出宣传等等琐事。

"见面之后，我和张厂长很谈得来，我说要做乐队就得买设备，那个时候国内都没有设备买，我们就去香港买。在80年代初，花十五万买设备，在全北京都算是很牛的了。回来之后，那个厂长就开会说成立一个正式的团体，那个时候大家都没有乐队的概念。他就是想给他们企业做做宣传什么的，说就搞个文工团吧，团里还设了男高音、女高音的，给我安了个沙棘厂文工团的副团长的职位。而我在这里边儿呢还是坚持了要做乐队的想法，后来也就有了黑豹乐队的雏形。当时丁武是主唱兼吉他，打鼓的是王文芳和程伟，跟着我就开始招兵买马，当时全北京搞摇滚的几乎都来考试了。李彤就是考试考进来的，他刚来的时候，我一看，小伙子很有灵气，当时考他给他出了些和声进行的考题，让他自己创作。那个时候虽然弹得糙一点儿，但灵气在那儿，就是到现在，我还是比较喜欢李彤的吉他，虽然不华丽，但每个音都是琢磨过的。后来我就做主让李彤进来了。但也就是这事，跟丁武埋下了一个矛盾。"四哥隐去的话没有多说，但我们都知道，从此，黑豹乐队两把吉他一起演奏的日子也就这么开始了。

“当时沙棘厂那边没有乐队的概念，他们认为乐队就是伴奏的。当时黑豹乐队的人也是生活比较散漫，头发巨长，厂里就老想让乐队的人把头发给剪了。同时呢，团里还一拨代表正统团体的人排挤我们，说我们是乌合之众。这不行啊，我们那时候受不了这个气，就把乐队从团里分离出来了。出来之后，乐队也没设备了，我就老去琉璃厂那块儿的一个乐器店磨蹭，他们那儿有些不错的设备，有一段儿时间我就天天去，跟上班儿似的。最后，那老板跟我关系也挺好的了，就说：成吧，借你们用了。这一下才算好了，终于又有设备了。但又出来一个问题，排练场地怎么办呢？一开始我找了以前我们院儿里的防空洞，但那不还得把电拉进去嘛，当时就丁武来鼓捣这个，结果防空洞太潮，实在没法儿用。没办法，后来又找了一个香格里拉那边的一个电子车间，车间特大，那边儿人开着机床呢，我们这边就排练。谈的时候跟车间主任说排练，他问什么叫排练，不懂，我说就是唱歌，他们说这好啊，可以一边工作一边听歌了。进去了之后，就是那边机床开着，我们这儿唱着。过了一周，人家烦了，说这是工作场所，领导说不让你们在这儿唱了。就又给我们轰走了。”四哥带着乐队辗转这些地方都深深地刻下了那个年代摇滚生活的印记，也正是这样，音乐的道路越多磨难越令人奋进。也许当时谁也没有意识到，这被轰走的正是中国新音乐时代的前奏，这被勒令剪去长发的青年们怀着多么自由而强大的决心。

事实上，机遇总还是会光临的。“接着我又找着了一个中学，刚好放假，我跟校长一谈，他正好刚从国外回来，他跟我说，我知道你们这个意思，乐队嘛国外很多，这得支持。然后就说把最后的一个不用的教室给我们，但是要我们做个隔音，我们就买了棉被，把窗户都封起来，就在里面开始排了。当时主要是拷贝一些港台的歌，还没有自己的作品。这会儿栾树开始加入进来了，他带来一把小提琴，张炬负责弹贝斯，其实最早张炬是跳霹雳舞的，他15岁的时候我们就认识了。”说到这儿，四哥顿了顿，这些费尽周折的事说起来好像并没有那么沉重，但在这个一手操办这些事的人内心，仿佛还是需要缓冲一下。

“排练，排着排着矛盾就出现了，当时我们有三把吉他了，因为美国回来的郭怡广也来了，那时候北京在排练的乐队不多，哪儿有人排练，大家就往哪儿扎。郭怡广还带一个美国的朋友，那个人可以反弹吉他，当时我们就看傻了。这一下儿，四把吉他了，丁武就说这怎么排啊，然后就说要分开，我们就研究说怎么分这些人？当时他喜欢重金属，而我喜欢流行金属，我们就决定开会，商量说愿意跟着丁武走的就跟丁武，都没什么别的，大家意向不同嘛，愿意留下的就留下。当场，张炬、郭怡广就跟丁武了，王文杰、王文芳、李彤、栾树就留下来跟我，后来他们就成立了‘唐朝’乐队，而我们这边叫作‘黑豹’乐队。到了1989年，我带着乐队，什么事儿也没有，天天就我、李彤、王文杰三个开始找钱、找设备。这期间又听说沙棘厂的设备要卖，当时我们走了以后，他们的设备就锁仓库里了，也不办文工团了。设备基本没用都打算卖了，我就去找他们，张老板就说这十几万的东西得算钱，我说我现在没钱，能不能过几年我挣到钱再给你，他说那你得找个担保公司，有公司给你担保就行，我设备就给你，搁我这儿也没用。我回来天天就捉摸，我找了一圈也没人给担保，谁给你担保这个。”说到这里，四哥叹了口气，抽着烟，沉浸在往事中。也许大家都期待看到乐队后来的光环，但起步的艰辛却不是谁都能了解。

“有一天，我和哥们儿严刚打完台球在西单转，我看到一个公司叫‘北京现代文化交流中心’，我就站在那牌子下看，严刚说你看这干吗，我说我找它担保，严刚很好奇，说你认识啊？我说我不认识，但看这‘现代’两个字，有点儿意思，我明天就去。”

第二天，四哥果然就鼓着勇气去了这家公司找中心的领导，“当时是一个四五十岁的老者接待我的，他就是关老师，一开始他问我有什么事儿，我就说我看您这儿是现代文化交流中心，有点儿意思。他介绍说我们这是文化局底下的，当时那会儿也没私人的公司。我就把我要弄乐队的事儿跟他说了，他对乐队也知道一些，还追问我打算怎么来做，于是我就把我准备的一些怎么把乐队发展起来的想法跟他一一说了，他当时比较理解也很支持。跟着我就说了我的遭遇：‘您给我做一个担保，我把那个设备拉过来用，钱我来还！’他听了首先是说：‘小伙子，这可不行，你们是哪儿的啊？’

这是第一天，就等于没戏了。可第二天我又去了，还接着跟他谈音乐的发展。关老师就对我说：凭你这个人吧，我是相信你的，你是满腔的热情，思路也比较清晰，是干事儿的人，可是这个十几万不是小事儿，这个我给你做担保倒是可以，但是万一你还不了，那我们得给你还……后来实在给我磨得不行，关老师才松口说，你跟我说的我非常感动，怎么也得支持你，但你让我考虑几天行不行。我脱口就说那考虑三天吧，三天之后，我就又去了，这回关老师开始问我细节，诸如现在专业团体都不挣钱，工作都是国家来派的，你们怎么挣钱、去哪儿演出等等。我就回答说，现在都改革开放了，演出这块儿肯定也会改制。最后，关老师终于说：‘这样吧，我就凭你这个人，这么几天地往这儿跑，我就给你做这个担保。’我当时倍儿激动，哎呀，终于行了，然后我就马上给沙棘厂打电话，第二天，我就带着关老师去沙棘厂谈，先是他们俩沟通，谈的时候沙棘厂的张总就说，当时我成立文工团的时候就是冲着郭传林这个人，当时我不太懂，就想着是个文工团，没想到后来的矛盾。关老师也说，那既然这样，我们就应该支持郭传林。他们谈好了，我这就立马去开证明了，特别高兴地把设备拉了回来。一拉回来，这又没地儿放啊。没办法，我又去找关老师说，您是文化局的，能不能给我们找个地儿。他也二话没说给我介绍了一个北京曲剧团的团长，他们关系很好。看在关老师的面儿上，当时团长说我们这儿的排练室你们用没关系，但是，剧团正规排练的时候你们就得出来。我仔细一想那也不合适啊，就在他们的院子里转悠，看见一空屋，我问团长说这屋干什么用的，他就说这是我们以前的伙房，里面堆的全是煤，这屋可排不了练。我立马就说如果你们不用这屋，我们就用它了。团长一听惊了，说没想到这屋我们也行，也就让给我们用了。随后，我们几个人就把里面的煤拉出来，打扫得倍儿干净，再把设备搬进去，基本上就很满意了。但那时候窦唯还没来，我们还缺一主唱，之前我已经看过他演出，本来心里想的就是他了，当时小孩儿比较帅气，在北京石景山的一个乐团。我就跟李彤商量说，把窦唯叫来吧，李彤就说窦唯来当然好，但他能来咱们这吗，人毕竟在团里。可当时我压力也大，我背着十几万的债呢，这边的沙棘厂厂长和关老师也都支持，我不能攒不起人来。于是我就自己找到窦唯，问他能来乐队吗，窦唯说我可以跟着你演，但我那边工作不能放，我说你再考虑考虑。他当时还特怀疑地问我，四哥这到底行不行？我们几个人凑在一起能有演出吗？谁听啊？我特别有信心地回答说，只要我们几个人团结一致，我负责外围，你们负责写作，出作品，我一定让大家在全中国有名。哥儿几个听完就笑了说，中国这么大，咱们能有名？后来窦唯说那可以试试，我说试试不行，得辞职，大家现在全都背水一战，你也得背水一战。他说那我得跟团长说说，他辞职的第三天，老野（窦唯原乐团团长）就跑我家跟我说，郭四，你这挖墙脚挖到我这儿来了，你把我这儿的台柱子挖走了。我就跟他说，那得看人家愿意不愿意，人家在你那儿大材小用了。然后把我的遭遇跟老野一说，就缺这么一个人，后来也得到老野的支持了。为了让窦唯过来，栾树也做了不少工作，当时栾树是乐队学历最高的，栾树这个人不错，在音乐上他不自私，当时唐朝的第一盘专辑的合声都是他编的。”四哥抽了不少烟，也终于说到了窦唯的加入，至此，黑豹乐队总算完全成形，但黑豹乐队的高峰时期却并未到来。

“当时圈里的人对我们是另眼看待的，我们是要设备有设备，要组织有组织，就差机会了。排练的时候，我天天在那儿。每天两点排练，我一点半就在门口站着了，谁迟到我就说他们。有时就骂，因为我是背着雷的，我压力大，最先主要是排一些拷贝的歌，弄一些Party演出，当时也没钱，每个人也就维持生计。第二步，黑豹开始创作了，黑豹的第一张专辑的全部创作就是在政法大学的这个煤屋里。后来曲剧团开会的时候，团长就跟团里的人说：‘你们看底下煤屋的几个小伙子，人家天天的排。

我从那路过，从一开始听不进去到现在特别完整，多么敬业，希望你们也到那儿溜达溜达。’‘煤屋’那个时候就是我们的代称。”正是在这间煤屋，黑豹创作了中国音乐史上最受追捧的同名专辑。

“当时我们的鼓比较弱，大家就想换人，正好别人也介绍了赵明义过来，我就跟当时的鼓手王文芳谈，王文芳很不错，他就说唯一有个条件，我弟弟王文杰就希望您不管怎么着都给留下，我说好。然后赵明义就进来成为黑豹乐队的鼓手了。1990年，当时我们已经排了几首歌了，就《无地自容》什么的，那会儿程进他们要搞一个90音乐会，他们没设备，想管我们借，然后我就还专门把程进请过来看我们排练，结果他跟我们借了设备，但没安排我们演出。其实当时在90音乐会上，他们演出的水平非常低，但是演出倍儿火，给我们几个都气得不行。也就是在那一场演出，‘唐朝’就出来了，当时是几个大高个儿，张炬、老五、赵年、丁武四个人，一下就红了。”

2

“1991年，深圳要搞一个纪念改革开放十周年的文艺晚会，当时主办方是中央人民广播电台驻深圳记者站。他们找到我，那时他们不懂摇滚，主要是想让我找孙国庆，结果孙国庆有事儿来不了。我就说正好儿，你本来就是改革，在音乐上也要有创新，就搞个摇滚的演出。我就找了几个乐队，黑豹、女子、呼吸、1989、常宽的‘兄弟宝贝’乐队，大伙儿坐飞机去的。从飞机上大家就开始热热闹闹的。到了机场，组委会来接，一看就傻了，好几十人，等于北京市的长头发青年都聚齐了。而且当时就有人围观了，组委会的人那会儿心都凉了。他们那边演出还都穿正式的演出服呢，看我们这几个等于是乌合之众啊。所幸的是到了深圳之后，这场活动也不负众望，演出非常成功。当时很多北方人去看，看台上就喊，‘你们太牛了’。那一场来的港台的记者也很多，我们当时宣传了一些‘黑豹’的故事，也通知了一些港澳地区的音乐公司，这里面王菲也做了不少工作，找了好多家音乐公司的人过来，那时候王菲已经很有名了，她是个非常聪明的人。活动完了就引起了一些港澳和BMG的重视，不久就跟到北京来，准备谈合作了。”

不过，也许摇滚乐在中国的症结就是和管理制度不和谐，深圳演出的红火也让官方审查得越来越严格了。这一场演出，依然没逃脱涉及敏感话题的问题。

“第一天演出的时候常宽唱了首歌，歌词比较激进。一天下来，主办方就找我来了，说不能演，我回去跟常宽说了这首歌一定不能再唱了，但没想到第二天他又唱。刚刚演出完了，当地宣传部就给我扣在深圳了。问我，你是哪个单位的？谁让你们来的？你们是哪个团的？我说，这怎么说啊，等于我们是非法演出啊。好在当时乐手们都走了，就我给拘留了。我就给关老师打电话，关老师先问演出怎么样，我说演出非常成功，他说那就好。但后来，我说我给扣这儿了，他跟我说那你好好承认错误，写检查。我说关老师这不是写检查的问题，您得给我出一证明，证明我是您那儿的，证明这些乐队都是您那儿的。关老师说那可怎么行，这事儿一捅到文化局，那就是大事儿了。我说，没办法，关老师您拉我一把吧。这个事儿我是特别感谢关老师，关老师考虑了一天，很快给我出了证明。就这样，我又躲过了一劫。如果是没这个证明，要是把我弄到公安局，那估计得关我几年。”说话间四哥难掩对关老师的感激之情，也十分庆幸那次演出的机遇。也就是从这场演出开始，黑豹终于立足摇滚乐坛，开始了他们等待已久的“明星乐队”生涯。

四哥，也借此成为圈内工作最繁忙的经纪人。“从深圳回来以后，歌曲也轰动了，就开始准备出‘黑豹’的第一张专辑。当时谈了五六家公司，他们也不完全认可，那阵儿我是碰了很多壁。但后来还是跟滚石旗下的劲石公司签约了，做了专辑，并把那一年香港的所有奖项都拿了，然后就受邀去香港演出。但那个时候没有个人团体去香港的事儿，都得跟旅行社走。我就找国旅的一哥们儿，他说，你们这小团体得分开，我就天天跟他磨这个事儿。我说，一定不能分开，我们哥儿几个得一起，后来他就答应了。一到香港，主办方就来接了，那哥们儿就傻了，说这怎么回事儿？那会儿国家规定的是旅行者得跟着旅行团，寸步不离。我就跟他说，其实我们是来参加一个活动的。那哥们儿急了，就拉着我说，我求你一件事儿，这十天你几个人得原封不动地回来。我说，行，就跟着主办方走了。第二天香港所有的媒体报刊都报道说，'黑豹乐队'来香港了，特别轰动。不少内地的媒体也都跟着报道了。那一场是在伊丽莎白的演出，空前成功。黑豹的那个气质、演出的个性化在香港是没有的。香港那个时候还穿着小亮片儿、挂着穗儿的演出服呢。也就是那个时候，窦唯跟王菲就开始好上了，那会儿，王菲常给我打电话，说四哥我去看看你，我还觉着王菲人不错，后来才知道，人那是看窦唯来了。"说到这儿，四哥总算是开始舒了口气，神色缓和下来。"一回来，就有很多盗版商来找我，说给他们一盘母带，几万块钱。我当时就跟他们怒了说以前让你们出正版你们不出，现在来找我出盗版，门儿都没有。靠着这张专辑，'黑豹乐队'也算是火，那个时候李彤和窦唯的配合是最好的，《无地自容》就是李彤的曲子，窦唯的词。就这张专辑，我们把设备的钱也还上了。到现在为止，内地还没有唱片超过这个销量。那个时候的乐队是一个讲究音乐的基础，二是心里都特别纯净。当时黑豹、崔健、唐朝的第一张专辑都是经过多少年的积累又契合时代的，等于把整个前头的多少年的历史全都体现在这里了，这几张专辑都是销量高涨的。然后到了第二张，就不像国外的大师那样，可以延续起来，第二张往往就被商业冲击了。"

但好景不长，紧跟着"黑豹"的灾难就来了，就是主唱窦唯的离开。"其实窦唯在'黑豹'的正式演出只有在海南的那场。在海南的时候他天天跟王菲打电话，当时海南演出完了他就把头给剃了。隐约就有点儿要走的意思。窦唯离开黑豹之后，秦琪试过一段儿主唱，但后来还是定的栾树。跟着是日本CBC公司的就来找我，又跟他们签了演出。但其实那是'黑豹乐队'的一个低谷期，我带着乐队的几个人去坝上住了三天，开会定以后的计划。那时我让徐天找媒体，我说，每天我都要见到报纸，必须有黑豹的消息。那段时间他费了不少劲，也立了功。后来我也找了人民日报和中央电视台的人，当时中央电视台找的就是李咏，这样才把黑豹又拉了回来。到1993年，依靠朗宁伟和王立国的帮忙，重组的‘黑豹’又拉开全国巡演的“穿刺行动”，去了全国三十多个地方，演出也是非常轰动。”

也就在这一段黑豹乐队动荡不安的时候，四哥也面临着新的选择。

“1992年，香港劲石的老板离开香港，他当时是BEYOND的经纪人，他想在北京办一个公司，找到我，要跟我合作，说他负责海外，我负责国内的事儿，他出钱，我就出人。我一想，也答应了，然后就开始筹备‘红星生产社’，当时我是带着黑豹参加的。但还是在招别的艺人，郑钧就来了。当时他有《回到拉萨》和《赤裸裸》几首歌，听了他唱的之后，我觉得不错。但那时郑钧比较颓废，香港老板不同意签，说郑钧没星相，但我特别想签他。时逢郑钧又想去美国，我就给按在手里没让他走。郑钧他哥还来质问我，问我凭什么说郑钧能出来，他说我觉得我弟唱歌不行。但那个时候是一个风格突出的时代，我觉得郑钧还是有风格的，就强行跟郑钧签了合同。就为签这个合同，我跟香港人还拍了桌子。本来他说他不管这边的事儿，但又特别叽歪，我就说我们合作不成，不干了。他说那你不能把我扔在北京，你得给我找一个人替代你，我说行，我给你找一个圈里能干的人，我是不跟你合作了。然后我就把程进介绍给他了。当时郑钧特别义气，说四哥你要是走，那我也不在这儿了。我就说你别走，你只要有一张专辑，就出来了。后来郑钧为解约和香港人打官司，还是我给出的证明，不然香港人就赢了，因为郑钧是我签的，我要对他负责。”郑钧最终还是成为在后摇滚时代唱片销量居高不下的歌手之一，证明了四哥坚持签约的价值。但在后摇滚时代，摇滚圈的不平衡也愈发强烈。

“到了1997、1998年，圈里有好些人心里就不平衡了，说你看歌星一场拿多少钱，但你看我们五六个人，真刀真枪地在这儿演，就拿这么点儿。在从前那个年代，出场费不高，大家也不愿意商演，对钱都是顺其自然的想法。现在这些乐队谈的和从前不一样，首先是精神要满足，各种条件什么的，然后就抛出经济上的要求来。恐怕再过几年，大家首先就要先谈钱的事儿了，精神是其次，如果这样的话，那摇滚也就真的终结了。”

说完，四哥依然抽着烟，烟雾慢慢地笼罩了他整个脸庞。在当下这个忽略文化放大娱乐的时代，四哥依然坚持着自己的理想没有妥协，岁月的风雨打磨没能把他击倒，更没能改变他坚毅的眼神和倔强的性格！恍惚间我仿佛从烟雾中看到了从煤屋中走出来的年轻的四哥，目光坚定，意气风发。

李　季

——思想不倒

李季，“不倒翁”乐队和“1989”乐队的“鼓手”、张元电影《儿子》里的“大儿子”、中国的霹雳舞第一人，也是番茄餐厅的“季哥”。

与其说季哥是圈内人，不如说这个圈子就是季哥攒起来的。

季哥总是说，“80年代，特别美好！”

虽然现在的我们不完全能理解那个物质匮乏、讯息闭塞的年代，但季哥和“季哥们”却乐在其中。

1

“那个时候，我的日子过得很好，我1981年毕业，干的第一件事儿就是画铁路沿线广告，画一块儿30平方米40块钱，有时候一天能画3块儿。那个时候我们就觉得能挣钱还能玩儿，好啊，我们骑自行车一路上画到天津，当时路上跟我一起的是张涵予。到了天津连人带车一起运到上海郊外，然后又接着画，就铁路沿线。我们每天都喝生啤吃烧鸡，日子过得很好。但就这么画了一年，人体力上还是非常辛苦的。每个人两个大铁框，里面装满油漆，每天要骑六七个小时车，还不是公路，是铁路两旁的那个小石子路。我跟涵予的友谊就是在这一年建立起来的，我还跟他学了点儿配音，虽然他现在是大明星了，但我们是心灵的朋友。”季哥手舞足蹈地说着。

一年以后，他回到北京。

“到了1983年，文工团子弟都没什么事儿干，那时我和秦琪、王勇、李立、王晋几个人就在团里排练室玩儿。大人不玩儿的时候我们就练，后来争取到一个机会给团里的大人做演出。当时白天写个小广告贴在传达室的门口，到了晚上团里的大人都来了，他们一听，觉得不错啊，就鼓励我们组个乐队。那时候小琪的父亲是作曲家，他对音乐很有感觉，然后我们几个也很积极每天排练，刚开始时拷贝一些歌儿。然后经人介绍认识了一个老演员叫谢天，他的书法很好，给我们写了一个‘不倒翁’，当时我们也没概念，他就说这个乐队就叫‘不倒翁’，我们都很高兴决定就叫这名儿了。”但那个时候的“不倒翁”还只是雏形，直到后来加入的王迪、丁武、臧天朔和孙国庆，“不倒翁”乐队才算初具规模。

“最早王迪还是和丁武一块儿画画的，臧天朔是从小学钢琴，那时候小臧和孙国庆是我们考试考进来的。那会儿我们和小琪、王晋一块儿坐那儿像模像样地考试，一考完了就跟小臧说，喝酒去呗。小臧一下乐了，说可以啊，来吧。”

有了规模以后，“不倒翁”乐队就开始往大型的演出走。季哥回忆说，“那个时候我还充当鼓手，但我们没有鼓，我就一直没打上鼓，也不会打鼓。但是我的组织能力可以，当时在乐队就行政杂务我都管。后来通过一个朋友找了一个大款，在1985年的时候给我们投了一笔钱，当时我们‘不倒翁’可算是全国最富有的乐队，还没演出却买了一批设备。设备到了的时候，王迪光摆设备就摆了两天，我们都看傻了，一大卡车设备拉过来，大伙儿就这么摆、那么摆，拿着画报照着那上面来，无比兴奋。我们的排练场安排在首都剧场的二楼，天天都在那排练，但一场演出都没有。当时崔健就经常来借设备。我们没演出，就天天在那儿吼叫，慢慢地就让文艺界的人知道了，听说北京有帮孩子不错，后来就组织了一场专门给他们的演出。那天把祝小明、蒋大为、谷建芬他们都看傻了，那会儿中国哪有这样的演出啊，他们说没想到中国还有这么一帮人。但后来谷建芬说让我们到她的谷建芬培训中心来，这看似是一件好事儿，但当时我们很失落。乐队做了这么久，设备也买了，但没想到后来却被收编了，那天晚上我们几个人就一起喝了一场酒，‘不倒翁’乐队就算解散了。”

随着乐队的解散，几个爱音乐的年轻人也各自寻找出路了。丁武回到学校去教课，秦琪也去深圳青年音乐团里弹吉他了，季哥则有些无所事事。“小琪去了深圳半年之后，有天给我妈打电话说深圳青年音乐团需要一个跳霹雳舞的，李季可以。那时我是从1983年就开始跳舞了，把使馆的黑人小孩儿带着到我家里去学的，好吃好喝给他们让他们跳给我看。我父母都是跳舞的，我学起来又快，感觉又好，这些小琪都知道。结果我就去深圳了。到了深圳他们弄了个节目叫‘现代机器人’。这个节目演遍了全中国，到了哈尔滨的时候，跟我同台的是孙红雷，他当时是东北的冠军，我是他们团长请去的‘机器人’。我那时候一个月拿两百块，比所有人工资都高。这个节目也走遍大江南北，演到上海大舞台、万人体育馆，在上海万体馆演出的时候，我爸妈还特地买机票过去看，觉得他们的儿子不错，都上万体馆演出了。我就一路从深圳演到北京，北京是最后一站，那时已经是1988年。北京演完我就再也不去了，那时我也存了点儿钱，大家都知道我回来了，胡吃海喝了一段儿之后又一想，接下去干什么呢？还得再拾起来，搞乐队啊！于是我们就又找回来之前的一些哥们儿，重组乐队，这时正好是1989年，当时我们就把乐队叫作1989。”

但因为大环境的影响，新组的“1989”乐队依然是没有什么演出，每天在香山排练的几个人又有些丧气。“到了9月，有天我去西单的星光酒吧喝酒，喝多了，灵机一动，想装把大款吧，就问他们老板是谁，我说要谈谈周末包场的事儿。当时做酒吧的人没概念，但我那时候是熟悉外国人的概念，常去Party的，我就跟他们的经理谈，说我准备星期六用你的地方，我把乐队、设备拉过来演出，酒水我们对半分。当时那个酒吧经理也爽快地答应了，然后我说我还要售票，经理一想也答应了，于是我自己画了广告在外交公寓里一贴。当时那个年代，老外在中国都憋坏了，我们售30块钱一张票，一下儿卖出去了好几百张。当时就是‘1989’乐队演，全是拷贝熟悉的歌，场面特别火爆。这一演，跟着什么国际俱乐部、香山饭店的人都来找我了，但我们第二次活动还是在星光酒吧。那天，崔健也来了。他那个时候是被禁唱的，但一看氛围，也忍不住了，上台就唱了一首，‘你来我身边，带着微笑……’唱得正来劲，警察就来了，给我们叫停，把崔健叫到后台说他现在禁唱，不能演。但后来崔健说了一番话，这是我听老崔说得最牛的一番话，他说‘我知道不能唱，国家为了安定嘛，但这些演不演不重要，我们现在做的是文化，政治大还是文化大？文化是海洋，政治就是一条船……’那天那个警察是刘黑子，现在是西城分局的局长。给老崔这么一说，也没话了。不过，经过这么一个事儿，我们在星光酒吧就演不了了，但却开始了我们在国际俱乐部、马克西姆这些地方巡演的日子。”

正是这样日子的开始，也让“1989”乐队在京城名声大噪，成为那个时候演出最多的乐队之一。而不安于现状的季哥却又有了新的想法，“过了不久，我找了个地方，专门开一个演出的俱乐部，叫作‘钛金实况演奏室’，是当时北京最好玩儿的地方。张元的《北京杂种》就是在那儿拍的，主演是我弟，当时徐静蕾也在里面演，她那会儿还没考电影学院呢。在这里演出的乐队，也不止‘1989’乐队了，几乎所有的乐队都在这儿演过。我租的这个地方是在白纸坊，租的中国电影公司的翻译室，有台子、有座儿，那个时候他们还没有翻译这个项目，就把翻译场地租给我。过了半年，当我们一火起来，给中影知道了，他们就不干了，把房子给收回了。但我不想放弃，我还有设备什么的，这事儿还得做，就又找了个电影院的地下室，开了个‘幸福俱乐部’。到现在很多人回忆起来，还觉得这个俱乐部是当时摇滚人的乐园。那地方你正面看是大荧幕，后边儿就是我们在演出，幸福俱乐部经常做主题活动，卖票，生意非常好。北京有个很爱音乐的德国人叫伍德，他是大众汽车的高管。有次他来找我做了一个活动，弄了个大广告，主题叫‘耳朵和眼睛’，卖了一千五百张票。后来这事儿给警察知道了，全体出动，把我们场子给包围了，那天崇文区文化部的人也来了，没办法，我们就在现场开始退票，连我这地儿也不让开了，我这热爱音乐的日子基本就告终了，我不甘心啊。”季哥抽着烟说着这些20多年前的事儿，每个细节都还记得很清楚。

2

借着这不甘心的劲儿，季哥开始做起演出活动，“我那会儿认识了一个不三不四的人，开始搞体育馆的演出。我就带着北京的一些乐队，黑豹、女子、超载、面孔等，把河北石家庄的体育馆给租下来，这帮人去了，我就把票价定在12、8、6块钱，就把广告、宣传，舞台都搭起来。当时搭台是我这辈子搭过最惨的台了，没有人手，我就到石家庄各个大学去找学生来给他们票，帮忙搭台。我这边儿搭着台，我弟那边，组织了两车音响、设备之类的往石家庄拉。来之前我弟给我打电话说，咱们这个活动肯定赔，我们现在还没出发，你要现在不做还来得及。我说那不可能啊，必须来。乐队来还得休息一天，演出头一天，当地文化局的也来了，要审批。我们就彩排，我让女子乐队先上，唱了个《南泥湾》，红歌啊，而且那音效一出来，文化局的人也震了。我们那设备，音响，确实好，后来他们就说，好好演，要注意安全什么等方面。但是因为这些事儿吧，我们的票大部分都没卖出去，我剩下一点儿时间，就去各大高校发票去，希望尽量把场子坐满。在演出的前一天无数的黄牛涌进我们办公室，说要买我的票，我那时候也急了，一把就把多余的票都给撕了，我就撕了都不给他们了。后来演出差不多坐了五千人，那场演出所有乐队的表现都特别好，到现在为止，那仍然是北京摇滚乐队最团结的、规模最大的一起去外地演出的一次活动。但是那时候，他们都知道，小季指定赔钱。等演出结束了，喝完酒了，大家凑一凑钱都买票回去了。我去收拾场子，这会儿，公安局、物价局全来了。他们问我是哪个团的，我说我哪个团都不是，我就是摇滚乐，然后他们拿了一个文件给我看，说当时规定国家甲级团体最高票价5块钱，你这儿票价12块钱，你钱都赚哪儿去了，我说我没赚钱，一分钱没赚，他们不信，让直接拿钱吧，先给关起来。那叫监视居住，

15天，没办法，我妈我爸把我家所有存的钱都拿出来，交给那会儿唐朝的经纪人刘杰，到石家庄，然后他就开着他的小车儿去接我去了，我那一次是赔惨了。但现在想，如果按他们那个文件，我们那会儿是寸步难行，后来我又在沈阳做了一次，还是赔。然后我急了，1993年在首都体育馆又来了一次，搞了个'奥运中国之梦，大型摇滚乐'的演出，乐队也是女子、指南针等，还有何勇、窦唯、张楚都来了。这一次我是跟一个比较有经验的人一起做，本来当时摇滚乐全中国根本就不批，但我那个朋友有路子，我们花了十一万五千块钱去找人开了个批文，拿到手的时候就是一页小纸，我拿着那个的时候差点儿眼泪都下来了。批了就演呗，但那个时候摇滚乐已经开始走下坡路了，很多人都不认识这些乐队，他们只认识个张楚。然后这一场演出又是我直接损失最大的一次，虽然那个演出现场确实非常不错，当时每个人现场的演出都非常好，是现在都见不到的状态。"

渺茫了很多年，亏了很多年，也花了很多钱，是季哥这些年来做摇滚的总结。

"我家里的钱，自己的钱都花了，还欠别人的，我得还钱啊，但那个时候做点儿什么呢？时间也快到1995年了，我和我弟一帮无聊的人成天在一起喝酒聊天，结果就聊出一个空间来，那个年代没有好电影看，我们就打算写电影。然后就开始琢磨，在北京西城鲁迅小学找了个地下室，很便宜，我们把地下室打扮了一下儿，把家里的家具都拖过来，弄个床垫子倍儿舒服。我那时候已经加入李杰的音乐公司了，思想也挺活跃，有个老板知道我们想搞电影，主动投给我们一百万，让我们去写这个本子、找导演。最初我本来打算自己导，但有的事离得越近，你就越觉得自己不专业。那时候也巧，张元那个时候就住我们家院子里，他拍《北京杂种》的时候我们就认识，这个事儿我们就一拍即合决定要做这个电影了。"

说到这儿，季哥感叹了一声，张元确实专业啊，"拍的时候有很多人探班，电影拍完了以后，张元在我们家吃了次饭，问我们这个电影是参加柏林还是鹿特丹电影节？那会儿我们什么都不知道，就听他的。但那个时间离他去鹿特丹电影节只有一个星期，他就先走了。我那个时候虽然穷，但我女朋友是个比利时人，她叔叔是个老大使，结果很快我也去荷兰了。当时参加电影节的人都住在希尔顿酒店，我就四处找《儿子》的广告，谁知道广告根本没来得及印，当时只有楼梯把手上贴着一个小纸上写着《儿子》剧组。我出现在张元房间里时，张元都惊了，他觉得太夸张了。那是我有生以来第一次参加电影节，虽然不是大电影节，但是是第一次感受到电影节的整个过程。我女朋友把我带到电影节给演员和编辑们拍照的摄影棚去，他们让我抡着一个威士忌瓶子拍了张照。后来在电影节宣传刊物上登了一个整版，《儿子》这部电影后来也在那次95届鹿特丹电影节获得了金老虎奖。”

随着拿奖，季哥的运气也就开始好起来。回国之后，季哥开始投入餐饮业，开起了特色餐饮，第一家店就是“隐蔽树酒吧”。1999年又开了“为人民服务”餐厅，到后来三里屯的番茄餐厅，期间关闭的就超过五家店。在这些日子里，季哥也没闲着，写歌、参与演出也不少，姜昕的《花开不败》就出自季哥之手。“但这些年中国摇滚乐还是逐渐沉寂下去了，我开餐厅这么多年，后来又出现了音乐节，刚开始也不行，迷笛开始的时候也只是在沙地草地里唱。经过这么多年，人都知道音乐节不光是听音乐，还为了玩儿，休息，享受，国外的音乐节连洗澡的地方都有。但一到有音乐节了，摇滚也已经老去了，流行音乐也已经不伦不类了，那些选秀节目随便弄几个女孩儿都能出名。”季哥说道。

怀着对音乐的热爱，2006年，季哥和秦琪又在798搞了个演出主题叫“理想不倒”。“当时主要是‘不倒翁’和‘七合板’两个乐队，王迪、臧天朔、丁武、孙国庆、老崔、刘元、杨六、小明、文博、四哥他们都来了，当时大众汽车赞助了些钱，底下全部都是从前的老哥们儿。这活动应该坚持下去，但把这些人凑起来太难了，当时我和小琪两个人设计的LOGO是一个高音符号，一个大拳头举着它。”季哥乐呵呵地比划了一下，他对音乐的表达远远超过了演出本身，设计、策划、创作等都已是他信手拈来的小事。

“我这半辈子觉得自己还很幸运，我得感谢我爸爸妈妈，因为我爸爸妈妈能接受我这样的生活，那些老摇滚每个人见到我都会问我爸爸妈妈怎么样了，你们家做的饭太好吃了。我爸妈是四川人做饭特别好，做的泡菜也很好吃。我爸爸妈妈很开明，去石家庄接我的时候也是，他们认为我做了一件好事，并没有怪我。”接受自己的儿子做演出失败并拿出所有积蓄去领回孩子的父母不少，但选择持续支持这件事的父母或许就少之又少了，我想，这也是季哥充满摇滚精神的源头。

“有次半夜四点有人来我家敲门，咚咚咚，我和我弟吓坏了，是谁啊，一开门，何勇拿个碗，一伸手，给我来点儿泡菜。”季哥一边乐一边讲起那时候的何勇，“那个时候何勇演出的表现力是很好的，有次我的演出，原本没安排他，但他到后台来说我唱一首，就唱一首吧，结果一上台，把琴给砸了，台下的人都沸腾了。虽然现在很多小孩儿也不错，但是都没出来，我原来给挪威电视台拍过一个纪录片叫《京剧的孩子》，用的两个乐队的孩子还不错，可现在都留在英国发展了。”一经对比，季哥感慨道，现在很难找到何勇这样的摇滚人了。

3

随着摇滚势头的消退，做餐饮开始成为季哥的主业。“其实人应该多看，四处走走，获取更多的信息，这样才可以做出受大众欢迎的东西，你的眼睛要看到更多的东西。”季哥总结道，“我们这帮人在北京悄悄地做了一些小事，影响却很大，这就是那个年代人的价值。”

但是，美好的年代终究还是成为回忆，现在的季哥更认真、更沉淀了。现在也开始逐渐喜欢上诗歌的季哥对未来也有自己的想法，“其实我的学历不高，我就是凭我的经历和感觉来生活。让我面对电脑的话我觉得很累，但是你必须去把你看到的东西记录、包装出来，我们现在是完全没看到，只是拷贝，所以现在很多人都没有方向，别人怎么说就怎么来。我是经常失去方向，但也不是完全没有。”诗歌、电影，现在都是季哥所喜欢的，让我不禁期待更多精彩的作品从他手中诞生。

鼓手大伟

——不要停止我的节奏

1

2010年的冬天，我经贝斯手成寅生介绍认识了鼓手大伟，我们第一次见面是在五道口的涮羊肉馆里。大伟的一口纯正东北口音和爽朗的笑声，让那个冬天一下子暖和起来。我们边吃边聊边脱去了我们之间那层层的束缚。其实我以前经常在各大音乐节上看到他，知道他是“痛苦的信仰”乐队和“液氧罐头”乐队的鼓手。也觉得这哥们儿鼓打得很有自己的一股劲，很是欣赏。没想到这次我为了参加鸟巢的“冰雪音乐节”的演出找鼓手竟找到了他。也许这就是我们常说的缘分吧！有的人你跟他认识了一辈子，也还是没有缘分，就是再熟也总是有隔阂。有的人哪怕只是一句话，就可以认为是知己！大伟和我无疑属于后者。

那顿涮羊肉让我和大伟成了哥们儿，也开始了我们不断地合作直到现在。鸟巢“冰雪音乐节”我们演得很成功，连着演了三场，得到了很多业内人士的好评。之后我和大伟、成寅生、陈申四个人又搞了一次名为“等你到来”的跨界艺术公益演出，目的是给一所孤儿院募捐，并唤起大家抛弃冷漠、互相关爱！演出更是得到如中国宋庆龄基金会等国家公益组织的大力支持和帮助。此次演出我们四人不仅首先集资了两万元人民币并捐赠了一百套儿童服装给孤儿院。其实，我们这些摇滚人也并不富裕，也可以说我们也是需要救助的群体。但我们还是为社会做出了表率，我们真的希望大家关注公益事业，互相关爱，抛弃冷漠！我想我们是尽力了。

这是我们第一次主动地做公益，我们都感觉很好。值得一提的是，这次演出我们都付出很多，从第一次和交响乐队合作，第一次跨界做多媒体的尝试，到我们演出时第一次穿上西装，这都是我个人极力坚持为了一种与众不同的表演形式的尝试。记得起初的排练还是有些曲折的，我第一次跟大伟说让他把鼓的音色调松，不要压过弦乐队的音量。因为他习惯了摇滚乐的打法和音色，他开始很不理解，觉得鼓的力度被压制了。为了让他改变想法，我故意在第一次合排时把弦乐队的位置安排在他鼓的旁边，对他说："今天主要是排弦乐队，你的鼓声不要压过他们的音量，不然排练就没意义了。"其实大伟知道我的用意，他为了考虑我的感受，那天他把鼓的音量控制得很好。

排练间歇时，他跑到我身边对我说："我觉得弦乐队的人数还要增加，音乐震撼力不够。"我高兴地接受了他的建议增加了弦乐队的人数。第二次合排结束后，大伟激动地跟我说："我觉得今天排练是我最满意的排练，感觉弦乐一直在我背后推着我，让我有一种说不出的感动。"我们相互一笑，彼此之间的欣赏全在心里了。我还记得起初大伟死活也不同意穿西装，他觉得太严肃，别扭。但演出的那天他还是穿上了，后来他调侃地对我说："我觉得我穿上西装打鼓更帅。"

演出开始前，我把大伟和其他几个乐手叫到一起开了个小会，主要是嘱咐一下演出注意事项。最后我提出我们几个主要音乐人在上场前要主动跟弦乐队的成员一一握手，表示对他们的尊重。大伟第一个表示赞同，也是他第一个站在后台把手伸向每一个出场的弦乐队的成员。我们的这一举动让他们每个人都感到了无比的吃惊很感动。我想我们这些搞摇滚的人，一向被外界看来是一群叛逆人群，总是有人把一些不好的事情强加在我们身上，但其实他们都不真正地了解我们。就像白岩松说的："摇滚音乐人其实是最单纯和纯粹的音乐人，他们不功利，不妥协，为了理想而做音乐！"其实我们一直在追求社会对我们的平等和尊重。当我们把手伸向大家的时候，其实我们就是在把平等和尊重传达给了社会。

那天演出结束后，弦乐队的大提琴手张珑找到我，他是带来了他们乐队所有成员对我们的感谢之情。他对我说：“郝哥，我们参加了这多场演出，其中不乏明星大腕，我们觉得你们是最好的，也是最有素质的音乐人。”

2011年夏天，中午强烈的阳光没能阻止我和大伟奔向涮羊肉馆的步伐。不仅吃得满头大汗，我们还是聊得无比开心。大伟看来是没聊痛快，酒足饭饱后来到我家，泡上一壶铁观音继续聊。他跟我聊了很多他童年的往事和他开始搞摇滚的辛酸！那个下午我们聊得都有点热泪盈眶。

大伟原名迟功伟，哈尔滨人。从小的爱好不是打鼓而是打冰球。理想很多，除了当一名职业冰球手还想过当厨师和警察。中学毕业以后阴差阳错地考上了哈尔滨著名的音乐学校，在那里他结识了同学李泉。李泉当时已是狂热的摇滚乐爱好者，他穿的破牛仔裤和海魂衫让大伟无比地着迷，也由此爱上了摇滚乐。他们很快在学校组了乐队，当时大伟的角色不是鼓手，而是主唱。因为他那时根本不会打鼓，也根本没想过日后会成为一个鼓手。可宿命注定让他和鼓有分不开的缘。因乐队的女鼓手离队，大伟不得不客串鼓手，没想到这竟是他的一次人生转折。

大伟的父亲是一名国标舞蹈老师，对儿子的选择给予了很大的支持，他第一次告诉了儿子作为一个鼓手的意义。在父亲的鼓励和支持下大伟找到了他的启蒙老师杨嘉宝。杨老师曾在60年代给周总理等老一辈领导人演奏过，因此在东北地区很有知名度。杨老师在给大伟上的第一堂课并没有直接教他打鼓，而是在纸上画了一楼梯，告诉他要想学好音乐就要像上台阶一样一步一步走，不要求快要有根。从此一个懵懂的孩子开始了他的一段新的生命。他那时一定没有想到这将是他与命运做斗争的开始。

拼命练习基本功，每天天不亮就起来练习，打坏了无数哑鼓这是大伟开始练鼓时的全部记忆。枯燥单调的练习没有让他放弃反而让他有了强烈的自信。这种自信让他产生了不满足感，他下定了决心要去北京学习更好的技巧。在老姨的支持下大伟背起行囊第一次来到了他梦中无数次来到过北京。但这次经历却是他感受磨难的开始，在同学李泉的介绍下他上了中国戏曲学院板鼓系，起初他还是很有求学欲望。可后来发现这不是他要学的音乐，“哥们儿来北京不是来学京剧的而是来学摇滚乐的”，大伟脑子里不停地重复着这句话。可未来何去何从，他第一次感到了迷茫。

不久，在一次偶然的机会他去了北京迷笛学校，发现这里才是他要找的摇滚胜地。可迷笛学校昂贵的学费让他却步了，他只有背起来时的行囊回老家东北了。家人没有更多地问他在北京的生活，这样让他的心情更加无法平静，他不甘心就这样失败地回来，不甘心放弃他的理想。终于在姥姥的生日会上大伟忍不住放声痛哭，他向家人第一次说出了内心的痛苦。家人也第一次了解了他在北京的艰辛。

老姨可以说是大伟人生中最为关键的贵人，她不止一次地帮助她心爱的外甥改变着自己命运，这一次又是老姨站了出来，她鼓励大伟任何时候都不要轻易放弃，她为大伟出了全部学费让他回北京去继续他的梦想。就这样，大伟又一次背上了行囊，不同的是，这一次他的行囊里不再是简单的衣物和生活用品，而是家人无限的情感和希望。

2

在迷笛学校的学习和生活是大伟最难忘的一段美好记忆。他先后从师于国内很多顶尖鼓手，鼓技也是突飞猛进，很快成为新一代摇滚鼓手中的佼佼者。在众多老师中权友（原崔健乐队鼓手）对他的影响最大。权友老师在给大伟教鼓的同时也教他做人的道理，告诉他人越是遇到困难的时候越是要强硬。我想这种性格在大伟身上扎下了根，也正是这种性格，让他在与残酷命运的斗争中没有被击倒。

不久，“夜叉乐队”的主唱胡松和贝斯手王乐来找他，希望他加入乐队。他同意了，这也是他摇滚乐手生活的开始。迷笛学校毕业后大伟同大多数外地来京搞摇滚的乐手一样，搬进了当时著名的北京摇滚村落“树村”。“树村”位于北京海淀区的郊区，因为离市里比较远，所以房租很便宜。

也因此成为当时外地乐手们的聚集地，大家在这里生活和排练，过着乌托邦式的闲散生活。但他们的经济来源基本没有保障，大多数乐手过着一穷二白的生活。演出是他们唯一可以发泄情绪和证明自己的方式。但少得可怜的演出费却又让他们对未来感到无比的绝望！大伟回忆他在“夜叉乐队”时拿到的最少的一次演出费是每人两块五毛钱。这就是摇滚乐手的真实生活，一种美好与痛苦并存的状态。但就是在这种生存环境下，大伟却觉得很快乐。他每当回忆起那段生活时，总是流露出很眷恋的表情。我其实很能理解他，因为那时他们都活在自己的梦里，活在理想里。活在理想里的人就是最幸福的人！大伟回忆当时在“树村”的美好生活时，他说：“如果让我再做一次选择我还是想回到‘树村’去，因为那里人与人之间的感情很真，真的是哥们儿的感觉，没有其他的东西。”

“夜叉乐队”不久就签约了“嚎叫唱片”发行了第一张专辑。并取得很大成功，乐队名气也越来越大，在第一次录音经历中，大伟受到了著名录音师老哥极大的赞赏，老哥惊叹“中国新生代还有这样出色的鼓手”。这给了大伟很大的鼓励和自信。随后不满足一种风格的他，离开了“夜叉”乐队。为了尝试更多的音乐风格，大伟先后加入了“痛苦的信仰”乐队和“液氧罐头”乐队。前不久“痛苦的信仰”乐队发行了转型专辑《不要停止我的音乐》。在这张唱片中我听到的音乐不再是以前的口号和愤怒，而是一种发自内心的平静和感动。大伟的鼓也打得越来越有感情了，我很为他高兴。

这些年的风风雨雨过去了，大伟没有被现实生活中的艰难压倒。他没有忘记老姨对他说的话：“人在任何时候都不要放弃自己的理想。”临走时他对我说，摇滚乐已经融入他的血液里了，是他生活的一部分他离不开它了。他说只要原因为的有不一条作在且时等一也不且进且因能打得动鼓就会一直打下去，哪怕到了60岁他也要打鼓做摇滚乐，因为他不想停止他的追求，也不想停止他的节奏。

第二天，大伟和他的"痛苦信仰乐队"踏上了去中国台湾演出的行程。在机场他给我发了短信，说回来后再聚，一起去吃涮羊肉。我给他回了短信：“兄弟，祝你一路顺风吧！”

导演李睿君

——我们用了一刻钟出生，却用了一生的时间走向死亡

李睿…是一个很好的导演，朋友说。

“我拍的都是小电影，不是大制作。小电影。”他立即解释道。不知道他是否始终认为自己不算是一个称谓上的“导演”，尽管他做着一个真实的导演的工作，但是可以肯定的是他知道自己在做什么，该怎么做，并为之执着。

“朋友们都说像我这样的SB不多了，从毕业到现在无论多么艰难都始终坚持着做艺术电影。我觉得这个世界上聪明的人太多，有我这样的SB存在，才能更好地衬托出他们。而且，看我电影的部分观众可能也会认为我很SB，如果听到这样的声音，我会说，谢谢你。”说谢谢的同时李睿做出拱手礼的动作。

他确实不像一个拍电影的80后。大家印象中80后的恃才傲物或夸夸其谈，在他这里都没有，你只看见一双纯粹的眼睛，及一脸平稳淡定的表情。“我不想做味精式的电影，虽然味精调出来的菜会好吃，但没有营养，我做出来的菜虽然很笨拙，不那么美味，哪怕良药苦口也无妨。”他慢慢地说。

艺术电影很复杂

慢是一种境界，李睿说，“我从前性子很急，总觉得时间和精力要捆

绑起来用，但当我意识到自己太着急之后，开始让自己慢下来。有人觉得去寺庙是一种修行，其实我认为看节奏很慢的电影也是一种修行，这一样能让人安静下来，每个人都在不断地修行当中。”

也许正是他这样的心态才让艺术电影《老驴头》在国际电影节屡获殊荣。在人才济济的电影界，有的人会为了获奖去拍电影，有的人为了赚钱去拍电影，而有的人则是为了有所表达才去拍。在和电影界的前辈司徒兆敦老师聊天的时候，司徒老师曾对李睿说：“如果为了得奖、挣钱、猎奇而去找一个题材揭露中国的伤疤，展示给别人看，这样的电影，算不得好电影。”

但李睿珺确是一个把电影当作意识传达的人，“挣钱从来不是我拍电影的最终目的，我觉得有的人的理想是挣钱，但有的人的理想是拍出好电影。我是后者，在这个过程当中我坚持自己的原则，从来不妥协，如果我的电影50万就可以拍完，别人给我100万，我会退还他50万，但如果我的电影需要100万，而投资只有50万的话，那我就要想办法去找到另外50万，哪怕是自己不挣钱都行。”说到资金，李睿珺略有些感慨，他的第一部电影《夏至》就是自己和女友一起边挣钱边完成拍摄的，没有投资，但依然获得了广泛的关注。他说，“在挣钱这个事情上，虽然我不聪明，但我很执着，只要我认真去做，这个问题难不倒我。不过，我还是一头扎进艺术电影，也是因此，朋友们更觉得我是个SB，也许我也不是一直都能SB下去，但是能SB多久就SB多久吧。”

现在，已经获得许多奖项、扬名国际的李睿依然在艺术电影的道路上精打细算，“有投资其实也有它的两面性，一开始我总是费尽力气将自己要表达的东西告诉投资方，给他们讲整个的剧情，但是，如果他们不能理解我的想法或提到要做广告植入、情节修改时，我就直言不讳地告诉他们，无关紧要的东西可以改变，但结局和核心的东西，我一定要坚持，如果得不到认可，大家都不要浪费时间。”

另一方面，即使获得投资，他依然会觉得头疼，因为要考虑到帮投资人收回资金的问题，“任何人的钱都不是打水漂来的，任何导演都不能打包票说一定能赚钱，虽然投资是制片人来考虑的事，但我会自我审查。自我审查很可怕，会把自己禁锢在一个地方，所以我不需要太多投资，我的上一部电影就完全拒绝特写。赚钱是一件顺其自然的事情，东西做好了自然就会赚钱，它绝不是第一位，一旦赚钱成为目的会损害很多东西。电影不能抛弃观众，你的想法是否单纯，在电影里，你的思想完全暴露在观众眼前，观众能看到你的心，看到你有没有认真地做事。”

目前，在资金上不妥协其实也是大部分独立电影人的最大问题。李睿君说，“大多数独立电影人的生活都很艰难，光写剧本花一年时间，这一年的生活和房租等就会没有着落，因为独立导演都没工作，平时的收入仅仅够维持生活。这也是大多数人不能理解你做这个电影的意义是什么的原因，它既不赚钱也不吸引很多人来看，甚至需要我们自己去赚钱拍电影，这个过程太苦又得不到认可，好多人会就此放弃。”

在第二部电影《老驴头》中，凭着自己的美术和音乐功底，电影美术和片尾音乐李睿都自己全包，他认为相比那些还要四处请美术和音乐的独立导演来说，他更幸运一些。因为其他人如果没有钱，就只能舍弃更多，资金的不够会让人觉得做出来的电影很粗糙。传统意义上大众认为音乐、画面、演出都很精湛的才算好电影，突然看见这样一部电影，人们会觉得不能接受。“我之前也坚持认为要有一定的资金才能去拍一个完美的作品，但也许等到了80岁我仍觉得资金不够去完成一个完美的电影，我想先拍吧，不管了。”

如果说现实让人放弃的话，那李睿就是一个在不断抗拒现实的人，“我辞工在家创作时，是女朋友在养活我。”他说。言辞间并没有什么情绪，“整个大环境都让人无奈，在签约公司之前，我们始终过着相当底层的生活。现在的人太关心金钱，很少人去关注作品本身。电影没有发行，编剧、导演都是一个人，而且导演还要自己去找钱，在拉投资的时候还要受很多委屈，电影出来之后又自己去谈发行，这原本是一个工业链条，现在却要独自去做，在这个行业里应该有更多专业的人来帮你做专业的事情，人的精力是有限的，导演一旦分心，很多事情就会觉得无法顾及。也许我想表达自我的东西对行业有真正的贡献，但是因为得不到资金的投入而不能获得大众的认知度。”

面对整个独立电影人的艰难现状，李睿珺表现出了深深的遗憾，“有人说艺术家的意识是超于常人的，也许他的作品要等若干年后才得到认可，我就凭自己的直觉先做吧，能不能被理解再说。司徒兆敦老师也说希望我们不要改变，他说：‘你们坚持了，但物质匮乏，我让你们坚持有可能害了你们，但如果你已经决定要坚持，就不要受到干扰。’人永远无法预料明天的事。大家已经是成年人，没有脑子不清醒，也知道自己在做什么事，我自己选择的路，我就要走下去。对回报的期待每个人都有，但这不是梦想和动力，任何事情期待不一定会得到，坚持不一定会成功，但是放弃一定会失败。”

三月，李睿…参加法国电影节的时候，即使下着雨，也有很多人乘车从外地赶来购票参加首映，将1500人的场地坐满。这是他在国内从来没有看到过的场景，相对来说，国外人在时间和精力上远远胜过国内的观众，而且国外对审查的宽容也给了很多艺术电影很好的机会。李睿说：“艺术是追求自由的东西，如果被遏制得太厉害，就像同一套理论教育出来的孩子一样，他们会变成相同的盆景，没有枝丫，缺乏想象力和创造力。贾樟柯曾呼吁广电总局放宽技术审查、放宽政策扶持艺术电影，我们也在等着这样的改变。像中国台湾中影集团就会安排一些院线，在稍偏的影厅播放艺术电影，作为艺术院线的辅助，全年不放任何商业片。这样的地方，哪怕是小厅，远郊的老影院都行。我希望内地也会有这样的影院。”

死亡是哲学的终极问题

李睿…导演目前的每一部电影都涉及死亡的内容，第一部电影《夏至》是主角抱着孩子在坟头；第二部《老驴头》的末尾是女儿抱着驴在她爹的坟前；今年正在筹备当中的电影《告诉他们我乘白鹤去了》的结局是老人快死了，因为不舍土地，孙子把他埋葬了；明年8月的第四部电影《家在水草丰茂的地方》结局也是以爷爷的死去收尾。

对于死亡，李睿有自己的说法，“我从来没有刻意去关注死亡的问题，死亡是人生的终极哲学，但是对于我来说我也没有思考那么远，就是顺其自然，不要刻意去为了什么去做事，凭直觉去做。生和死其实很简单，你生就是有无限可能，什么都可以得到，死亡的话，其实从你出生的那一刻起都在不断地走向死亡。”

拍摄电影《老驴头》的时候，摄制组请来了村里的两老人拍照当作道具遗像，一生中很少照片的老人看到数码成像后啧啧称奇。“我死了的像有了。”拿到照片后老人小心翼翼地保存起来说。也是因此，李睿的数码照相机成为村民们新鲜的西洋镜。不少老人都慕名前来要求拍摄遗照，对于从这个村子里走出去的李睿来说，来者不拒的他非常乐意成全老人们的愿望。在这个过程中也让李睿君深深地感怀，“看到自己死后的照片，他们还是高兴。”这是一个老人内心可以接受的，不到这个年龄的人都不会懂。

这些从未想过自己会成为电影中一分子的老人，终于在一个萧条的冬日生动而盛情地出演了影片《老驴头》。随着影片在国际上一路好评，老人们的表演也成为影片的一大亮点。“只经过两个月的训练，他们的表演就很自如，而且这次拍电影成为村落里的文化事件，大家津津乐道并互相交流，他们在电影中的小卖部打麻将，互相谈论电影的话题，研究自己的角色。仿佛找回了年轻时看公社电影的兴奋劲儿。”

剧本源于生活，电影中的人也都是导演从小熟悉的人们，土地亦是导演从小生长的土地。

“很多人看完电影会问我想表达什么，我说，我的话都在电影里面，你觉得我想表达什么，那就在表达什么。曾经，一位耶鲁大学的著名电影评论家看完《老驴头》之后，找到我，问我多大岁数，我说我28岁，他向我表达了他看完电影的感受，提起陈凯歌导演的《黄土地》，他所说的每一句话都是我当初在电影里想要表达的内容。我想，即使我没有用任何语言，还是有人能看懂，他完全懂我的想法，把我要说的话都说出来了。所以很多国外的人都建议我保持选择的风格，坚持下去。”

电影《老驴头》首次被拿出来和《黄土地》一起评论的时候是在复旦大学的影展上。一位有名的专门研究亚洲电影的人写了一篇文章把两部电影放在一起，他认为我们都是在讲人和土地的关系，虽然电影截然不同，但因为时代的变化，这会成为一个新的转折，同样的题材在不同时代有不同的表达方式。

“我一直觉得死亡不是很可怕的一件事，只是现在的人把死亡描述得很沉重。现在的人们漠视生活、逃避现实、麻木、不会关心别人，就像一个机器人时代。我的电影就是想让人正视这个机器人时代，正视这个社会上的任何问题和自己的生活。但我不强求每一个人都能解读镜头里的语言，你能理解到什么程度就什么程度，哪怕你觉得这是一部是风光片，看了，也是一种收获。”

目前，导演李睿君已经带着他的电影去广电立项，等待后期通过审查的《老驴头》算是有些希望跟大家见面了。